들꽃이 바람앞에 당당하게 섰으니

북오션은 책에 관한 아이디어와 원고를 설레는 마음으로 기다리고 있습니다. 책으로 만들고 싶은 아이디어가 있으신 분은 이메일(bookrose@naver.com)로 간단한 개요와 취지, 연락처 등을 보내주세요. 머뭇거리지 말고 문을 두드리세요. 길이 열릴 것입니다.

들꽃이 바람앞에 당당하게 섰으니

초판 1쇄 인쇄 | 2012년 6월 30일
초판 1쇄 발행 | 2012년 7월 05일
편   저 | 서정윤
펴낸이 | 박영욱
펴낸곳 | 북오션

경영총괄 | 정희숙
기획·진행 | 유나리
책임편집 | 이상모
편집 | 권기우·주재명
마케팅 | 최석진
표지 | 씨오디
본문편집 | 조진일

주   소 | 서울시 마포구 서교동 468-2
이메일 | bookrose@naver.com
트위터 | @Book_ocean
페이스북 | bookocean
카   페 | http://cafe.naver.com/bookrose
전   화 | 영업문의 : 02-322-6709 편집문의 : 02-325-5352
팩   스 | 02-3143-3964

출판신고번호 | 제313-2007-000197
ISBN 978-89-93662-73-3 (03810)

들꽃이 바람앞에 당당하게 섰으니

서정윤 편저

북오션

한
사람이
있었다. 그는 이미 인생의 마지막 종착점에 가까이 와 있었다. 거센 풍파를 지나고 험난한 가시밭길, 또 진흙탕을 다 지나고 이제는 평온한 길을 걸으며 마지막 종착점을 향해 천천히 걷고 있었다.

그러면서 그는 자신의 곁에서 함께 걷고 있는 수호천사를 볼 수 있었다. 수호천사는 역시 지친 표정이지만 휘몰아치는 폭풍우를 뚫고 나온 범선처럼 당당한 모습이었다. 다시 그는 자신이 지나온 길을 돌아보았다.

자신의 발자국 옆에 나란히 찍혀 있는 수호천사의 발자국이 보였다. 그동안 긴 시간 수호천사가 지켜주었다고 생각하니 참으로 고마웠다.

"천사님, 정말로 고맙습니다. 천사님 덕분에 이렇게 무사히 삶의 종착점에 도착하게 되었습니다."

천사님은 그냥 빙그레 웃기만 했다.

그러다가 잠시 후 이상한 점을 발견했다.

그는 자기가 삶을 살아오면서 가장 어렵고 힘겨웠던 부분을 살펴보았다.

그런데 그 부분에서는 한 사람의 발자국만 찍혀 있는 게 아닌가. 이상하게 생각되어 물었다.

"그런데 천사님, 처음부터 끝까지 줄곧 함께하지는 않았군요?"

그러자 의아한 듯이 나를 내려다보고 있었다.

"천사님이 나를 떠나서 안 계실 때, 제가 가장 힘겨웠고 어려움을 겪고 있었네요. 저때 천사님은 어디에 계셨나요?"

그러자 천사는 빙그레 웃으며 말했다.

"그 부분을 지날 때 내가 너를 안고 지날 수밖에 없었다. 그래서 거기에서는 한 명의 발자국만 찍힌 거란다."

나는 천사의 손을 꼭 잡을 수밖에 없었다.

*   *   *

수호천사가 분명히 있다는 것을 믿기 바란다. 삶을 살아갈 용기는 자신의 내부에 있는 것이다. 남들이 어떻게 해주길 바라는 자세는, 아닌 것이다.

스스로 하려는 의지를 가지고 나아가면 수호천사는 함께해주는 것이다.

자신을 사랑하는 법부터 배워야 한다.

2012년 여름 서정윤

살아가는 것이 만만하고 쉬운 적은 한 번도 없었다

늘 너무 크고 힘든 일이 나의 앞을 막아서고

나는 그 앞에서 작고 비참해지곤 했었다

내가 저지른 일에 대해 책임지는 것에

당당할 수 없었던 적이 얼마나 많았던가

삶에 대한 용기를 잃어버리고

이제 그만 수레에서 내리고 싶었던 것 또한

내 발을 무겁게 했다

즐겁고 신나는 삶의 날은 내 속에 있는 것이라는 걸

어느 날 갑자기 깨닫고는

누구도 부러워하지 않게 되었다

삶은 노력의 결과로 얻어지는 것일 수 있고

내 눈높이 주변에 흩어져 있는 것일 수도 있다는 말이다

아무도 대신 죽어주지 않는 것이
바로 "나의 삶"이다
좀 더 열심히 살아야 하지 않겠는가 말이다
나의 삶을 사랑해야 하지 않겠는가 말이다

-서정윤

| 차 례 |

책머리에 • 4

1부 '오늘의 나'는 '내일의 나'를 위한 한 부분이 되리라

2부 내가 없으면
세상 모든 것이
없는 것이 된다

3부 나비를 위해
꽃이
피어나는 것이다

4부

들꽃이 바람 앞에 당당하게 섰다

1부

'오늘의 나'는
'내일의 나'를 위한
한 부분이 되리라

삶이 그대를 속일지라도

알렉산데르 푸시킨

삶이 비록 그대를 속일지라도
슬퍼하거나 노여워하지 마라
슬픔을 딛고 일어서면
기쁨의 날이 오리니

마음은 항상 미래를 지향하고
현재는 한없이 우울한 것
하염없이 사라지는 모든 것이여
한 번 지나가 버리면 그리움으로 남는 것

방황과 변화를 사랑한다는 것은 살아 있다는 증거이다.

−바그너

우리는 스스로에게 속고 있다.

자신을 바로 보지 못한 채 너무 높여 보는 것에 빠져 있다.

아무것도 할 수 없는 것이 아니라 아무것도 하지 않는 것이다.

결과가 어떻게 되든 예측하지 말고 시작하는 것이다.

부딪히며 나아가는 자세가 필요한 시점이다.

연탄 한 장

안도현

또 다른 말도 많고 많지만
삶이란
나 아닌 그 누구에게
기꺼이 연탄 한 장이 되는 것

방구들 선득선득해지는 날부터 이듬해 봄까지
조선팔도 거리에서 제일 아름다운 것은
연탄차가 부릉부릉
힘쓰며 언덕길 오르는 거라네
해야 할 일이 무엇인가를 알고 있다는 듯이
연탄은, 일단 제 몸에 불이 옮겨 붙었다 하면
하염없이 뜨거워지는 것
매일 따스한 밥과 국물 퍼먹으면서도 몰랐네
온몸으로 사랑하고 나면
한 덩이 재로 쓸쓸하게 남는 게 두려워

여태껏 나는 그 누구에게 연탄 한 장도 되지 못하였네

생각하면
삶이란
나를 산산히 으깨는 일

눈 내려 세상이 미끄러운 어느 이른 아침에
나 아닌 그 누가 마음 놓고 걸어갈
그 길을 만들 줄도 몰랐었네, 나는

삶을 불태우고 남은 것은 껍데기 육신뿐. 연탄재처럼 다시는 사랑할
수 없는 소진한 영혼으로 빗물 고인 운동장에 부서지는 것이다.
피 흘림조차 의미 없는 생명으로 살아가는 하루가 지쳐 보인다.

갈대

신경림

언제부턴가 갈대는 속으로
조용히 울고 있었다
그런 어느 밤이었을 것이다
갈대는 그의 온몸이 흔들리고 있는 것을 알았다

바람도 달빛도 아닌 것
갈대는 저를 흔드는 것이 제 조용한 울음인 것을
까맣게 몰랐다
······산다는 것은 속으로 이렇게
조용히 울고 있는 것이란 것을
그는 몰랐다

생명이 있는 한 희망이 있다. 실망을 친구로 삼을 것인가,
아니면 희망을 친구로 삼을 것인가. -요한 데 위트

갈대는 대나무처럼 살고 싶었다.
댓잎처럼 바람에 펄럭이기 위해 갈대는 허리 아래를 흔들고 있었다.
바람이 다르다는 것을 깨달았을 때 절망의 푸른 피들은 광합성으로
목말라 했다.
갈대는 갈대로 흘러야 했다.

설야 雪夜

김광균

어느 머언 곳의 그리운 소식이기에

이 한밤 소리없이 흩날리느뇨

처마 끝에 호롱불 야위어가며

서글픈 옛 자췬 양 흰 눈이 나려

하이얀 입김 절로 가슴에 메어

마음 허공에 등불을 켜고

내 홀로 밤 깊어 뜰에 나리면

머언 곳에 여인의 옷 벗는 소리

희미한 눈발

이는 어느 잃어진 추억의 조각이기에

싸늘한 추회追悔 이리 가쁘게 설레이느뇨

한 줄기 빛도 향기도 없이
호올로 차단한 의상衣裳을 하고
흰 눈은 나려 나려서 쌓여
내 슬픔 그 위에 고이 서리다

눈오는 밤처럼 설레는 것이 있을까?
첫사랑 그녀와 만날 약속을 한 것만큼 우기를 맞아 비구름
몰려오는 것을 보고 있는 아라비아의 바위산 마음만큼 화안해진다.
첫눈 오는 날 함께할 그대가 있었으면 좋겠다고 생각했다.
연락할 사람은 많아도 막상 연락할 수 있는 사람은 없다는
것으로 한없이 쓸쓸해진다.

목마木馬와 숙녀

박인환

한 잔의 술을 마시고

우리는 버지니아 울프의 생애와

목마를 타고 떠난 숙녀의 옷자락을 이야기한다

목마는 주인을 버리고 그저 방울 소리만 울리며

가을 속으로 떠났다. 술병에서 별이 떨어진다

상심한 별은 내 가슴에 가볍게 부서진다

그러한 잠시 내가 알던 소녀는

정원의 초목 옆에서 자라고

문학이 죽고 인생이 죽고

사랑의 진리마저 애증의 그림자를 버릴 때

목마를 탄 사랑의 사람은 보이지 않는다

세월은 가고 오는 것

한때는 고립을 피하여 시들어 가고

이제 우리는 작별하여야 한다

술병이 바람에 쓰러지는 소리를 들으며

늙은 여류 작가의 눈을 바라다보아야 한다

……등대……

불이 보이지 않아도

그저 간직한 페시미즘의 미래를 위하여

우리는 처량한 목마木馬 소리를 기억하여야 한다

모든 것이 떠나든 죽든

그저 가슴에 남은 희미한 의식을 붙잡고

우리는 버지니아 울프의 서러운 이야기를 들어야 한다

두 개의 바위 틈을 지나 청춘靑春을 찾은 뱀과 같이

눈을 뜨고 한 잔의 술을 마셔야 한다

인생은 외롭지도 않고

그저 잡지의 표지처럼 통속하거늘

한탄할 그 무엇이 무서워서 우리는 떠나는 것일까

목마는 하늘에 있고

방울 소리는 귓전에 철렁거리는데

가을 바람 소리는

내 쓰러진 술병 속에서 목메어 우는데—

남루한 삶이 보인다. 누더기를 품위 있게 걸치고 도도한 삶을
스스로에게 강요하는, 빗방울이 떨어지는 짧은 순간도 내 눈에
보이기 수억 년 전부터 별들의 손을 잡고 여행을 시작했다.
별을 심은 과수원에 자라는 꿈이 푸르다.

피안彼岸의 호수

알퐁스 드 라마르틴

언제나 새로운 해안으로 떠밀려가는,
영원한 밤 속에서 되돌아옴 없이 빨려들어가는
우리, 이 세월의 주름 짓는 물결에
어느 날 닻을 놓을 것이랴?

호수야! 한 해는 거의 저물어
사랑하는 사람이 찾던 강가, 그리운 그 물가에
보아라, 그 사람 앉았던 바위 위에
이제 나 홀로 앉아 있다

그날도 뿌리 깊은 바위 아래서 너는 노래했고,
날카로운 바위를 치며 너는 부서졌지
네 안에서 일던 파도의 물거품은 바람에 실려
고운 네 발을 적셔 주었지

기억하는가, 그날 밤을
우리는 침묵 속을 노저어 가고 있었지
하늘 아래, 물결을 타고 들리는 거라곤
물결에 맞춰 젖는 노櫓 소리뿐이었다

문득 세상의 신비한 소리가 일어
눈에 선한 언덕에 울려,
물결은 숨죽여 듣고
그리운 그 소리는 말했었다

세월아, 날개짓 멈추고
좋은 시절아, 거기 있어라
생애 최고 아름다운 이 순간이
덧없이 사라지기 전에

세상의 많은 불행한 이들,
가려거든 그들을 데리고 가라
고통과 그들을 짓누르는 근심은 실어가고
행복한 이들은 내버려 두렴

그러나 내 소박한 소망도 아랑곳없이
세월은 내게서 살며시 사라져 간다
이제 곧 새벽이 오리니, 조금만 더 천천히……
나는 이 밤에 간절히 기도하네

그러니 우리 서로 사랑하자
덧없는 시간 서둘러 즐기자
인생엔 닻을 내릴 항구가 없고,
세월은 가 닿을 기슭이 없어, 우린 그렇게 사라져 간다

사랑하는 것을 가르쳐 주는 사람은 아무도 없다.
사랑이란 우리의 생명과 같이 날 때부터 가지고 태어나는 것이다. ㅡ프리드리히 막스 뮐러

사랑이 남실남실 우리에게 찬 이 순간도
불행한 날들처럼 순식간에
우리한테서 멀리 달아나 버릴 수 있나?
두어 두지, 세월아

아, 세상에 사랑은 자취도 안 남고
영원히 사라져 버렸다
잠시 행복을 주었다가 이내 빼앗아 버리는 시간,
다시는 도로 돌아오지 않으리라!

영원, 허무, 어두운 심연이여!
너희는 그 집어삼킨 날들을 어찌할 텐가?
말하라, 우리에게서 앗아간 그 덧없던 꿈같던 순간들을
우리한테 돌려주지는 않겠는가?

호수, 말없는 바위, 칙칙한 수풀아!
시간이 멈춰 있는, 아니 영원한 시간을 간직하고 있는 그대들
이여!
이 밤을 기억하라
아름다운 자연이여, 추억만이라도!

네 편안한 품안에, 몰아치는 물살에,
고운 호수야, 네 눈웃음치는 물언덕의 그 경치에,
늘어선 전나무 숲에,
물결이 와서 부서지는 거친 바위들 속에 이 추억을 지켜다오

부르르 떨고 지나가는 하늬바람,
호숫가를 찰랑이는 물결 소리,
상냥한 빛으로 수면을 비추는
은빛 달 속에도 추억이 깃들게 하라

흐느껴 우는 바람, 한숨 쉬는 갈대,
향기 그윽한 호수의 맑은 공기
들리고 보이고 숨쉬는 것 모두가
말하라 '그들은 사랑했다'고……

아무것도 하지 않고 그냥 이 순간이 계속되리라는 생각, 지금만으로
살아갈 수 있다는 생각은 정말 위험하다.
미래라는 꽃을 위해 나무는 찬 겨울부터 준비한다. 스스로 살아갈 준
비가 되어 있지 못한 보리는 이듬해 봄이 되면 뿌리가 떠서 죽는다.
자녀의 뿌리를 밟아 주어야 될 때가 되었다.

소시장에서

박이도

가난을 풀어가는 길은
너를 소시장에 내놓는 일이다
한숨으로 몇 밤을 지새고
작은아들쯤 되는 너를 앞세우고
마을을 나선다
너는 큰자식의 학비로 팔려간다

왁자지껄 막걸리 사발이 뒹군다
소시장 말뚝만 서 있는 빈터
찬 달빛이 무섭도록 시리다
헛기침 같은 울음으로
새 주인에 끌려가던 너의 모습
밤사이 이슬만 내렸다

우리집 헛간은 적막에 싸이고
아들에게 쓰는 편지글에
손이 떨린다
소시장에서 울어버린 뜨거움
아들아, 너는 귀담아들어라
오늘 우리 집안의 이 아픔을

천형이라는 문둥병에 걸려서도 열심히 살아온 시인이 있었다.
스스로 자르지 못하는 탯줄이기에 차가운 눈길에서도 생명을 이어
온 것이다. 햇살 아래 눈물 흘리는 꽃이 있다.
우시장에서 돌아오면서 취하지 않은 꽃이 있을까?

우리 살던 옛집 지붕

이문재

마지막으로 내가 떠나오면서부터 그 집은 빈집이 되었지만
강이 그리울 때 바다가 보고 싶을 때마다
강이나 바다의 높이로 그 옛집 푸른 지붕은 역시 반짝여 주곤
했다
가령 내가 어떤 힘으로 버림받고
버림받음으로 해서 아니다 아니다
이러는 게 아니었다 울고 있을 때
나는 빈집을 흘러나오는 음악 같은
기억을 기억하고 있다

우리 살던 옛집 지붕에는
우리가 울면서 이름 붙여준 울음 우는
별로 가득하고
땅에 묻어주고 싶었던 하늘
우리 살던 옛집 지붕 근처까지

올라온 나무들은 바람이 불면

무거워진 나뭇잎을 흔들며 기뻐하고

우리들이 보는 앞에서 그해의 나이테를

아주 둥글게 그렸었다

우리 살던 옛집 지붕 위를 흘러

지나가는 별의 강줄기는

오늘밤이 지나면 어디로 이어지는지

그 집에서는 죽을 수 없었다

그 아름다운 천정을 바라보며 죽을 수 없었다

우리는 코피가 흐르도록 사랑하고

코피가 멈출 때까지 사랑하였다

바다가 아주 멀리 있었으므로

바다 쪽 그 집 벽을 허물어 바다를 쌓았고

강이 멀리 흘러나갔으므로

우리의 살을 베어내 나뭇잎처럼

강의 환한 입구로 떠우던 시절

별의 강줄기 별의

어두운 바다로 흘러가 사라지는 새벽

그 시절은 내가 죽어

어떤 전생으로 떠돌 것인가

알 수 없다

내가 마지막으로 그 집을 떠나면서

문에다 박은 커다란 못이 자라나

집 주위의 나무들을 못박고

하늘의 별에다 못질을 하고

내 살던 옛집을 생각할 때마다

그 집과 나는 서로 허물어지는지도 모른다 조금씩

조금씩 나는 죽음 쪽으로 허물어지고

나는 사랑 쪽에서 무너져 나오고

알 수 없다
내가 바다나 강물을 내려다보며 죽어도
어느 밝은 별에서 밧줄 같은 손이
내려와 나를 번쩍
번쩍 들어올릴는지

유년의 집을 찾았다. 집은 대문을 열고 웃으며 나에게 손짓을 했다.
하지만 이미 마당은 다른 사람에게 유린 당할 대로 당해 나를 알아
보지도 못했다.
수돗가의 이끼들이 알은 체를 해도 바람은 돌아가자고 등을 떠민다.
유년의 집은 나만의 것이 아니었다. 그냥 흔들리고 있었다.

지상의 방 한 칸

세상은 또 한 고비 넘고

잠이 오지 않는다

꿈결에도 식은땀이 등을 적신다

몸부림치다 와 닿는

둘째 놈 애린 손끝이 천 근으로 아프다

세상 그만 내리고만 싶은 나를 애비라 믿어

이렇게 잠이 평화로운가

바로 뉘고 이불을 다독여 준다

이 나이토록 배운 것이라곤 원고지 메워 밥 비는 재주뿐

쫓기듯 붙잡는 원고지 칸이

마침내 못 건널 운명의 강처럼 넓기만 한데

달아오른 불덩어리

초라한 몸 가릴 방 한 칸이

망망천지에 없단 말이냐

웅크리고 잠든 아내의 등에 얼굴을 대 본다

밖에는 바람 소리 사정 없고

며칠 후면 남이 누울 방바닥

잠이 오지 않는다

어떻게든 살아야 하는 것이 인생이다.

죽는 순간 '명'으로 세는 것이 아니라 '구'로 세는 것이다.

나를 바라보고 있는 제비새끼들을 위해 책임과 의무를 다하는

삶이 필요한 것이다.

고비가 힘들어도 결국은 넘는 것이 삶이다.

인생의 계절

존 키츠

한 해가 네 계절로 채워져 있듯
인생에도 네 계절이 있나니

원기 왕성한 사람의 봄은 그의 마음이
모든 것을 분명 아름답게 받아들이는 때이며

그의 여름엔 화사하며
봄의 달콤하고 발랄한 생각을 사랑하여
되새김질하는 때이니 그의 꿈이 하늘까지
높이 날아오르는 부푼 꿈을 꾸고

그의 영혼에 가을 오나니
그는 꿈의 날개를 접고
올바른 것들을 놓친 잘못과 태만을
울타리 밖 실개천을 무심히 쳐다보듯

방관하여 체념하는 때로다

그에게 겨울 또한 오리니
창백하게 일그러진 모습으로,
그렇지 않으면 죽음의 길을 먼저 가 있을 것이니

태어난 것은 죽기 위한 것이 아니다.
하루하루의 삶이 모여 '오늘의 나'가 되었으니 다시 '오늘의 나'는
'내일의 나'를 위한 한 부분이 되리라. 우리는 스스로의 삶을 이어가
기 위해 태어난 것이다.
살아가기 위한 오늘인 것이다.

밥

밥 냄새는 구수하다

뜸 드는 밥솥 곁에서 평생을 사신 어머니,

밥 냄새는 구수하다

어머니의 눈물에

어머니의 살을 썩썩 베어 안치고

밥을 지으시던,

이제는 늙고 손이 떨려

밥 짓는 시늉만 하시는,

밥이 되신 어머니는 구수하다

참 사랑은

먹는 자가 먹히는 자가 되는 거여

밥이 되는 거여, 라고

아직 밥이 되지 못하고

낟낟의 쌀알로 맴도는 아들에게

밥되기를 가르치시는

나의 어머니, 나의 예수여!

인간은 무엇을 위해 존재하는가. 누구를 위해 살아가야 하는가.
니를 아는 모두를 위해 살아가는 것을 포기해서 안 되는 것이고
또 나를 나이게 해준 신을 위해 삶은 계속되어야 하는 것이다.
아직도 아침에 해가 뜬다는 사실이 고맙다.

여보! 비가 와요

신달자

아침에 창을 열었다
여보! 비가 와요
무심히 빗줄기를 보며 던지던
가벼운 말들이 그립다
오늘은 하늘이 너무 고와요
혼잣말 같은 혼잣말이 아닌
그저 그렇고
아무렇지도 않고 예쁠 것도 없는
사소한 일상용어들을 안아 볼을 대고 싶다

너무 거칠었던 격분
너무 뜨거웠던 적의
우리들 가슴을 누르던 바위 같은
무겁고 치열한 싸움은
녹아 사라지고

아무런 기대없이 사랑하는 자만이 참된 사랑을 안다. —시라

가슴을 울렁거리며

입이 근질근질 하고 싶은 말은

작고 하찮은

날씨 이야기 식탁 위의 이야기

국이 싱거워요?

밥 더 줘요?

뭐 그런 이야기

발끝에서 타고 올라와

가슴 안에서 쾅 하고 울려오는

삶 속의 돌다리 같은 소중한 말

안고 비비고 입술 대고 싶은

시시하고 말도 아닌 그 말들에게

나보다 먼저 아침밥 한 숟가락 떠먹이고 싶다

나의 밖에 서 있는 또 하나의 나에게 말을 걸어본다.
지금까지 나와 함께 해 줘서 좋았다고…. 보잘 것 없는 나의 곁을
그래도 버리지 않고 지켜줘서 너무 든든했다고, 늦게 깨달았지만
이제라도 말할 수 있게 되어 고맙다고, 또 하나의 나는 쓸쓸히 웃고
만 있다.

낙엽끼리 모여 산다

조병화

낙엽에 누워 산다

낙엽끼리 모여 산다

지나간 날을 생각지 않기로 한다

낙엽이 지는 하늘가에

가는 목소리 들리는 곳으로 나의 귀는 기웃거리고

얇은 피부는 햇볕이 쏟아지는 곳에 초조하다

항시 보이지 않는 곳이 있기에 나는 살고 싶다

살아서 가까이 가는 곳에 낙엽이 진다

아 나의 육체는 낙엽 속에 이미 버려지고

육체 가까이 또 하나 나는 슬픔을 마시고 산다

비 내리는 밤이면 낙엽을 밟고 간다

비 내리는 밤이면 슬픔을 디디고 돌아온다

밤은 나의 소리에 차고

나는 나의 소리를 비비고 날을 샌다

낙엽끼리 모여 산다

삶에 대한 절망 없이는 삶에 대한 희망도 없다. ―알베르 카뮈

낙엽에 누워 산다

보이지 않는 곳이 있기에 슬픔을 마시고 산다

가슴에 응어리 하나 가지지 않은 사람이 어디 있으랴.

붉은 벽돌 담 안이 궁금하던 시절이 있었다. 그녀의 댓돌 위 짝 맞춘
신발들 옆에 내 신도 버젓이 자리 잡길 바라던 때가 있었단 말이다.
그녀가 떠나고 뛰엄뛰엄 가던 고향 동네 그래도 바로 묻지 못하는
소식이 하나, 있다는 것이다.

겨울 메시지

김종해

시들 것은 시들고 떨어질 것은 모두 떨어졌다
들판이여, 목마른 이 땅을 기르던 여인들은 모두 집으로 숨고
새벽에 일어나 저희 우물을 긷던 그 부산한 소리마저 들리지
않는다
집집마다 등불을 끄지 않고 이 밤에 다들 자지 않지만
오오, 이제 바람이 불면 마을의 문들을 꼭꼭 닫으시오
허나 대문에 빗장을 내다지르고도 저희는 잠들지 못한다
서로의 아픔과 슬픔을 익숙하게 비벼댈 이 깊은 어둠 속에서
저희의 불빛은 더 희게 번쩍인다
캄캄한 숲 속에서 컹, 컹, 컹, 컹 울리는 저 울부짖음
사나운 한 마리 짐승의 울부짖음이 차라리 그리운 이 외롭고
어두운 날
목마른 대지에 젖을 먹여 기르던 여인들은 모두 집으로 숨고
들판은 새로 태어날 제날을 안고 머리를 숙이었다
이 외롭고 어두운 날, 아버지여

시들은 풀꽃의 죽지 않은 뿌리, 짓밟히고 억눌린 모든 것의 얼굴들에

이제 곧 저희의 배가 가까이 옴을 예언하소서

인생의 실체는 이름 없는 들꽃이다. 아무것도 아닌 것으로 사라질 수 있는 것이다.

사라지는 것은 곧 죽음이다. 꽃이 피었다가 잠시 후 시드는 순간까지 햇살 비치는 것이 인생이다.

아쉬울 것 없이 부딪히며 살아야 한다. 고매한 척 하기에는 너무 짧지 않은가 말이다.

세상이 비록 고통으로 가득하더라도, 그것을 극복하는 힘도 가득하다.

− 헬렌 켈러

그리고 미소를

밤은 결코 완전한 것이 아니다

내가 그렇게 말하기 때문에

내가 그렇게 주장하기 때문에

슬픔의 끝에는 언제나

열려 있는 창이 있고

불 켜진 창이 있다

언제나 꿈은 깨어나듯이

충족시켜야 할 욕망과 채워야 할 배고픔이 있고

관대한 마음과

내미는 손 열려 있는 손이 있고

주의 깊은 눈이 있고

함께 나누어야 할 삶,

삶이 있다

삶이란 우리의 인생 앞에 어떤 일이 생기느냐에 따라 결정되는 것이 아니라,
우리가 어떤 태도를 취하느냐에 따라 결정된다. —존 호머 밀스

밤은 자신의 영혼과 만나는 시간이다. 낮에 수많은 얼굴들과 갈등 속
에 힘들게 버텨 왔다면 밤은 자신의 참모습과 만날 수 있는 시간인
것이다.

스스로 창조한 자아, 뭐든지 할 수 있고 어떤 모습으로든 변할 수 있
으며 갈 수 없는 곳이 없는 시간이 몽상가가 가질 수 있는 모두인 것
이다.

몽상가가 만들어 낼 수 있는 세계는 환상 속의 신비인 것이다.

새벽밥

김승희

새벽에 너무 어두워

밥솥을 열어 봅니다

하얀 별들이 밥이 되어

으스러져라 껴안고 있습니다

별이 쌀이 될 때까지

쌀이 밥이 될 때까지 살아야 합니다

그런 사랑 무르익고 있습니다

밥이 되기 위해서는 뜸이라는 것이 필요하다. 쌀을 씻어서 냄비에 담아 물 부어 끓이면 바로 밥이 되는 것이 아니다. 많이 끓이면 탄 밥이 되고 혹은 설은 밥이 되어 버린다.

그렇다고 물을 많이 부으면 죽이 되어 버린다. 어느 정도 끓으면 불을 낮추고 냄비에 가득 찬 증기로 뜸을 들여야 밥이 되는 것이다.

요즈음 사람들은 너무 급하다. 뜸 들이는 시간을 못 견디어 한다.

사랑도 서서히 익어가는 것이라는 걸 너무 모른다.

북에서 온 어머님 편지

김규동

꿈에 네가 왔더라
스물네 살 때 훌쩍 떠난 네가
마흔일곱 살 나그네 되어
네가 왔더라
살아 생전에 만나라도 보았으면
허구한 날 근심만 하던 네가 왔더라
너는 울기만 하더라
내 무릎에 머리를 묻고
한 마디 말도 없이
어린애처럼 그저 울기만 하더라
목놓아 울기만 하더라
네가 어쩌면 그처럼 여위었느냐
멀고먼 날들을 죽지 않고 살아서
네가 날 찾아 정말 왔더라
너는 내게 말하더라

다신 어머니 곁을 떠나지 않겠노라고
눈물 어린 두 눈이
그렇게 말하더라 말하더라

만날 수 있다는 기대감으로 사는 사람들.
들꽃처럼 어디에서든 기다리는 사람들.
모든 생명의 방향을 그대 쪽으로 향하고
하염없이 돌이 될 때까지 기다리는 사람들.
기대감만이 생명줄인 사람에게 기대를 버리라고 말해서는 안 되는
데…. 지켜보기에 너무 안타까운 마음이다.

가정

지상에는
아홉 켤레의 신발
아니 현관에는 아니 들깐에는
아니 어느 시인의 가정에는
알전등이 켜질 무렵을
문수文數가 다른 아홉 켤레의 신발을

내 신발은
십구문반十九文半
눈과 얼음의 길을 걸어,
그들 옆에 벗으면
육문삼六文三의 코가 납짝한
귀염둥아 귀염둥아
우리 막내둥아

미소하는

내 얼굴을 보아라

얼음과 눈으로 벽을 짜 올린

여기는

지상

연민한 삶의 길이여

내 신발은 십구문반十九文半

아랫목에 모인

아홉 마리의 강아지야

강아지 같은 것들아

굴욕과 굶주림의 추운 길을 걸어

내가 왔다

아버지가 왔다

아니 십구문반十九文半의 신발이 왔다

아니 지상에는

아버지라는 어설픈 것이

존재한다

미소하는

내 얼굴을 보아라

아버지로 살아가는 것은 정말 어설픈 짓이다. 분명하지 않은 오늘을
살면서 어제는 어떠했는지 반성할 시간을 가지지도 못하고 그냥 아
이들의 눈빛만 느끼고 있는 것이 아버지이다.
이런 어설픈 삶을 바라보는 눈길은 어떨까. 굳이 알려줘서는 안 되지
만 그걸 알고 있는 자신에게는 어떨까?

아버지가 되기는 쉽다. 그러나 아버지답기는 어려운 일이다.
－세링 그레스

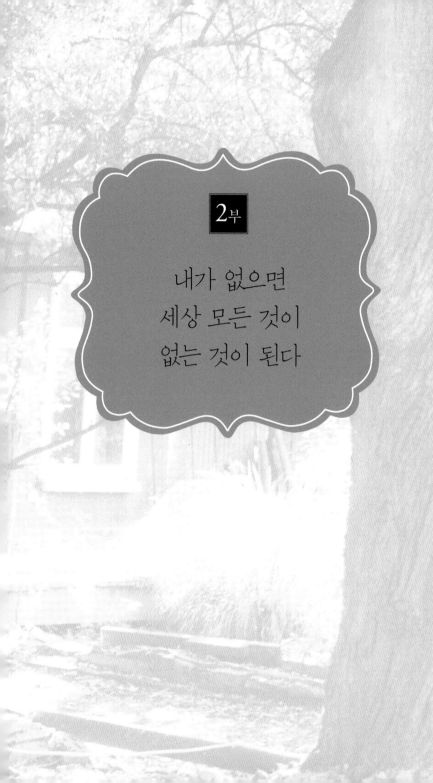

2부

내가 없으면
세상 모든 것이
없는 것이 된다

낙화

이형기

가야 할 때가 언제인가를
분명히 알고 가는 이의
뒷모습은 얼마나 아름다운가

봄 한철
격정을 인내한
나의 사랑은 지고 있다

분분한 낙화…….
결별이 이룩하는 축복에 싸여
지금은 가야 할 때

무성한 녹음과 그리고
머지않아 열매 맺는
가을을 향하여

나의 청춘은 꽃답게 죽는다

헤어지자
섬세한 손길을 흔들며
하롱하롱 꽃잎이 지는 어느 날

나의 사랑, 나의 결별
샘터에 물 고인 듯 성숙하는
내 영혼의 슬픈 눈

가야 한다는 것을 알았을 때는 이미 늦었다. 깨닫기도 전에 떠났어야
했다. 떠나서 자신 속에 침잠하며 조용히 느껴야 했다.
꽃잎은 어울려서 피어났을 때 이미 떨어질 것을 알고 있었다. 벌이
날아와 꿀을 빨고 그리고 꿀이 남아 있지 않으면 떠났어야 한다, 아
니 떠나는 것이 당연하다.
물관이 마르기 전에 떠나야 하는 것이다, 더 구차해지기 전에….

바위

유치환

내 죽으면 한 개 바위가 되리라

아예 애련愛憐에 물들지 않고

희로喜怒에 움직이지 않고

비와 바람에 깎이는 대로

억 년 비정의 함묵緘默에

안으로 안으로만 채찍질하여

드디어 생명도 망각하고

흐르는 구름

머언 원뢰遠雷

꿈꾸어도 노래하지 않고

두 쪽으로 깨뜨려져도

소리하지 않는 바위가 되리라

너무 자주 바뀌는 모습을 하고 살아가는 것이 아닌가? 내 삶에 필요하다는 이유로 이쪽에 붙었다가 저쪽으로 몰리는 삶을 살아가지 않는가?

봄에 잎이 난 나무는 가을까지 그 잎들을 붙들고 있다. 찬 바람이 손을 놓으라고 채찍질할 때까지 놓지 않는다.

우리는 '바위보다'는 커녕 '나무보다도' 진득하지 못한 것이 아닌가?

풀잎

박성룡

풀잎은
퍽도 아름다운 이름을 가졌어요
우리가 '풀잎'하고 그를 부를 때는,
우리들의 입 속에서는 푸른 휘파람 소리가 나거든요

바람이 부는 날의 풀잎들은
왜 저리 몸을 흔들까요
소나기가 오는 날의 풀잎들은
왜 저리 또 몸을 통통거릴까요

그러나, 풀잎은
퍽도 아름다운 이름을 가졌어요
우리가 '풀잎' '풀잎'하고 자꾸 부르면,
우리의 몸과 맘도 어느덧
푸른 풀잎이 돼 버리거든요

인생에서 만족을 찾느냐 못찾느냐는
지난 세월의 이야기가 아니라 의지에 달려 있다. ─몽테뉴

떠날 수 있는 건 풀잎이 아니라고 한다. 벗어날 수 없는 천형의 유전
자를 타고 태어났기에 돌짝밭을 붙들고 있는 것이라고 한다.
풀잎의 자유는 죽음 이후일 뿐이다. 자유로운 풀잎은 아름다울 수 없
다는 걸 가을 들판에 쓴다.

사랑한다는 것으로

서정윤

사랑한다는 것으로
새의 날개를 꺾어
너의 곁에 두려 하지 말고
가슴에 작은 보금자리를 만들어
종일 지친 날개를
쉬고 다시 날아갈
힘을 줄 수 있어야 하리라

요구하지 않는 사랑, 이것이 영혼의 가장 고귀하고 바람직스러운 경지이다.

－헤세

사랑은 희생을 해야 하는 것이다. 사랑을 모르고 사랑한다고 말하는
사람이 너무 많다. 함께하고 싶은 것, 가지고 싶은 것은 사랑이 아닌
것이다.

솔로몬 왕 앞에서 "나의 아이가 아니니까 저 여인에게 주어서 키우
게 하세요"라고 말할 수 있는 게 사랑인 것이다.

누구를 위하여 종은 울리니

존 던

어느 사람이든지 그 자체가 온전한 섬島은 아닐지니, 모든 인간
이란 대륙의 한 조각이며, 또한 대양大洋의 한 부분에 지나지
않는다 만일 흙덩이가 바닷물에 씻겨 내려가게 되면, 유럽 땅
은 또 그만큼 작아질 것이며, 만일 모랫벌이 그렇게 되더라도
마찬가지며, 그대의 친구들이나 그대 자신의 영지領地가 그렇게
되어도 마찬가지다 어느 누구의 죽음이라 해도 나를 감소시키
나니, 나란 인류 속에 포함되어 있는 존재이기 때문이다
누구를 위하여 종은 울리나 ― 이를 알기 위해 사람을 보내지
는 마라 종은 바로 그대를 위하여 울리나니

자신을 믿어라. 자신의 능력을 신뢰하라. 겸손하지만
합리적인 자신감 없이는 성공할 수도 행복할 수도 없다.
－노먼 빈센트 필

자신이 무엇을 잘할 수 있는가를 찾아야 한다. 무엇을 하고 싶은가도
중요하지만 무엇을 할 수 있는가가 더 중요하다. 그러면 열매는 저절
로 열리는 것이다.

남들이 나를 어떻게 볼 것인가에 얽매이면 자신의 꽃을 피우지 못한
다. 나를 위해 종을 두드릴 때가 되었다.

꽃

김춘수

내가 그의 이름을 불러 주기 전에는
그는 다만
하나의 몸짓에 지나지 않았다

내가 그의 이름을 불러 주었을 때
그는 나에게로 와서
꽃이 되었다

내가 그의 이름을 불러 준 것처럼
나의 이 빛깔과 향기에 알맞은
누가 나의 이름을 불러다오
그에게로 가서 나도
그의 꽃이 되고 싶다

우리들은 모두

무엇이 되고 싶다

나는 너에게 너는 나에게

잊혀지지 않는 하나의 눈짓이 되고 싶다

있는 것은 있는 것이다. 그 있는 것조차 내 속에 있는 것이다.

내가 없으면 세상 모든 것이 없는 것이 된다. 내 속에 있는 그대여!

그대로 인해 내 삶에 백일홍 붉은 울음이 핀다. 그대를 위해 나는 꽃

이 될 수 있다.

민들레의 영토

기도는 나의 음악
가슴 한복판에 꽂아 놓은
사랑은 단 하나의
성스러운 깃발

태초부터 나의 영토는
좁은 길이었다 해도
고독의 진주를 캐며
내가 꽃으로 피어나야 할 땅

애처로이 쳐다보는
인정의 고음도
나는 싫어

바람이 스쳐 가며
노래를 하면
푸른 하늘에 피리를 불었지

태양에 쫓기어
활활 타다 남은 저녁 놀에
저렇게 긴 강이 흐른다

노오란 내 가슴이
하얗게 여위기 전
그이는 오실까

당신의 맑은 눈물

내 땅에 떨어지면

바람에 날려 보낼

기쁨의 꽃씨

흐려 오는 세월의 눈시울에

원색의 아픔을 씹는

내 조용한 숨소리

보고 싶은 얼굴이여

하고 싶은 것을 찾는 걸 주저하지 마라. 그냥 이대로 계속 간다는
생각은 자신을 버리는 행위이다.
휴지처럼 구겨져 버려진 자신을 상상할 수 있어야 스스로 뭔가 하고
싶다는 생각을 가질 수 있다.
자신을 위해 자신이 할 수 있는 걸 찾아야 한다.

사랑스런 추억

윤동주

봄이 오던 아침, 서울 어느 조그만 정거장에서
희망과 사랑처럼 기차를 기다려,

나는 플랫폼에 간신한 그림자를 떨어뜨리고,
담배를 피웠다

내 그림자는 담배 연기 그림자를 날리고
비둘기 한 떼가 부끄러울 것도 없이
나래 속을 속, 속, 햇빛에 비춰, 날았다

기차는 아무 새로운 소식도 없이
나를 멀리 실어다 주어,
봄은 다 가고 ─ 동경東京 교외 어느 조용한
하숙방에서, 옛 거리에 남은 나를 희망과
사랑처럼 그리워한다

오늘도 기차는 몇 번이나 무의미하게 지나가고,

오늘도 나는 누구를 기다려 정거장 가까운 언덕에서 서성거릴

게다

—아아 젊음은 오래 거기 남아 있거라

더 많이 사랑하기 위한 노력이 필요하다. 상대보다 덜 사랑한 것을 자랑하는 어리석은 사람이 되어선 안된다.

몸 안의 모든 생명이 빠져 나가 그대와 하나가 된 사랑. 그러면서도 나는 없고 그대만 있는 사랑이 아니라 나와 그대가 함께 손잡고 걸을 수 있는 사랑이 되자.

우리는 누군가에게 소중한 사람입니다

카렌 카이시

누군가가 우리에게
고개를 한 번
끄덕여 주는 것만으로도
우리는 미소지을 수 있습니다

또 언젠가 실패했던 일에
다시 도전해 볼 수도 있는 용기를 얻게
소중한 누군가가
우리 마음 한구석에 자리 잡고 있을 때
우리는 그 어느 때보다
밝게 빛나며 활기를 띠고
자신의 일을 쉽게
성취해 나갈 수 있습니다

우리는 누구나

소중한 사람을 필요로 합니다
또한 우리들 스스로도
우리가 같은 길을 가고 있는
소중한 사람이라는 것을
잊어서는 안 되겠습니다

우리가 누군가에게
소중한 사람이라는 걸
알고 있을 때
우리는 어떤 일에서도
두려움을 극복해 낼 수 있듯이
어느 날 갑작스럽게
찾아든 외로움은
우리가 누군가의 사랑을 느낄 때
사라지게 될 것입니다

스스로 존중 받고 싶으면 다른 이를 존중해줘야 한다.
내가 소중한 사람이라면 남도 소중한 사람이라는 걸 알고 인정해줘
야 한다.
내가 힘든 삶의 길을 가고 있는 것이라면 그도 역시 힘겹게 한발한
발 내딛고 있는 것이다.
나로 인해 그가 더 힘들어진다면 나는 과연 그에게 무엇인가?

빈집의 약속

문태준

마음이 빈집 같아서 어떤 때는 독사가 살고 어떤 때는 청보리
밭 너른 들이 살았다
볕이 보고 싶은 날에는 개심사 심검당 볕 내리는 고운 마루가
들어와 살기도 하였다
어느 날에는 늦눈보라가 몰아쳐 마음이 서럽기도 하였다
겨울 방이 방 한 켠에 묵은 메주를 매달아두듯 마음에 봄가을
없이 풍경들이 들어와 살았다

그러나 하릴없이 전나무숲이 들어와 머무르는 때가 나에게는
행복하였다
수십 년 혹은 백 년 전부터 살아온 나무들, 천둥처럼 하늘로 솟
아오른 나무들
뭉긋이 앉은 그 나무들의 울울창창한 고요를 나는 미륵들의 미
소라 불렀다
한 걸음의 말도 내놓지 않고 오롯하게 큰 침묵인 그 미륵들이

인생은 평화와 행복만으로는 지속될 수 없다. 고통과 노력이 필요하다.
고통은 두려워하지 말고 슬퍼하지 말라. 참고 인내하면서 노력해 가는 것이
인생이다. 희망은 언제나 고통의 언덕 너머에서 기다린다. -맨스 필드

잔혹한 말들의 세월을 견디게 하였다

그러나 전나무 숲이 들어앉았다 나가면 그뿐, 마음은 늘 빈집
이어서

마음 안의 그 둥그런 고요가 다른 것으로 메워졌다

대나무가 열매를 맺지 않듯 마음이란 그냥 풍경을 들어앉히는
착한 사진사 같은 것

그것이 빈집의 약속 같은 것이었다

왕대나무 바람에 출렁이며 뽀얀 가슴을 보인다. 댓잎 와르르 떨리는
소리에 속이 비어간다. 빈집 뒤뜰 죽순으로 고개 내밀 때 이미 마디
수는 알 수 있었다. 마디마디 길이만 조금씩 달라질 뿐이다.

그래도 대나무는 소나무가 아니길 다행이라고 생각한다.

행복

천상병

나는 세계에서
제일 행복한 사나이다
아내가 찻집을 경영해서
생활의 걱정이 없고
대학을 다녔으니
배움의 부족도 없고
시인이니
명예욕도 충분하고
이쁜 아내니
여자 생각도 없고
아이가 없으니
뒤를 걱정할 필요도 없고
집도 있으니 얼마나 편안한가
막걸리를 좋아 하는데
아내가 다 사주니

무슨 불평이 있겠는가

더구나
하나님을 굳게 믿으니
이 우주에서
가장 강력한 분이 나의 빽이시니
무슨 불행이 온단 말인가

내 손 안에 있는 것만으로 좋은 삶이다. 삼천 원으로 하루를 보낼 수 있으면 꽃이 가득한 하늘을 볼 수 있다는 말이다.
내 손만 쳐다보며 사는 삶. 나에게 가능한 것만 가지는 삶을 살아갈 용기를 가져야 한다. 남들처럼 사는 게 아니라 남들보다 행복한 삶을 사는 것이다.

쓰러진 것들이 쓰러진 것들과

박남준

고추밭에 고춧대들이 다 쓰러졌다
홀로 비바람 견디기에 힘들었던가
아니라면 그 어떤 전율 같은 격한 분노에
몸을 온통 내던졌는가

내 기억의 뒤란에 쓰러져 누운 것들이 있지
오래 묵었으나 삭지 않아 눈에 밟히는 것들이 있지

작년 여름 쓰러져 죽은
미루나무가지들을 잘라 지주대로 삼는다
껴안는구나
상처가 상처를 돌보는구나
쓰러진 것들이 쓰러진 것들과 엮이며 세워져
한몸으로 일어선다

그렇지 그렇지

푸른 바람이 잎새들을 어루만지는구나

모든 쓰러진 것들은 스스로 일어나기 힘들다. 쓰러지기는 쉬워도 일어나기는 정말 힘들다. 쓰러져 썩어 가면서도 일어나려 애쓴다. 쓰러진 몸으로 고개만 들려고 버티는 모습을 보면 마음 한쪽이 짠하다. 쓰러진 것들이 쓰러진 것들과 서로 손잡고 일어선 모습을 보면서 살아가는 법을 배운다.

쓰러진 나의 주위에 또 쓰러진 그들에게 손을 내민다.

그녀는 환희의 환영幻影

월리엄 워즈워드

최초로 내 눈에 비쳤을 때

그녀는 환희의 환영幻影

순간을 장식토록 보내진

아름다운 환영幻影

그녀의 눈망울은 황혼의 별처럼 고왔고

거무스런 그녀의 머리칼도 황혼 같았다

그러나 그 밖의 모든 아름다움은

싱그러운 5월과 명랑한 새벽과 같은 것

춤추는 자태, 유쾌한 형상으로

느닷없이 나타나 깜짝 놀라게 하고 기습을 감행했다

더 가까이, 바라보면

정령이면서도 한 여인!

집안에서 몸가짐 경쾌하고 자유스러워

처녀다운 자유의 발걸음

얼굴엔 고운 사연과 아름다운
약속들이 깃들어 있고
인정의 매일의 양식에도
순간의 슬픔과 소박한 수작, 칭찬,
비난, 사랑, 키스, 눈물과 미소에도
알맞게 빛나고 알맞게 선한 그녀

지금 나는 차분한 눈길로
그녀 몸체의 고동鼓動을 바라보니
생각에 잠긴 숨결을 숨 쉬는 존재
삶과 죽음을 오가는 나그네
확고한 이성, 절제된 의지,
이내와 통찰력, 힘과 익은 솜씨
주의를 주고 작정作定된 완벽한 여인

그러면서도 여전히 정령으로

천사 같은 빛으로 휘황하여라

마음의 상처는 보듬어선 안 된다. 혼자 가지고 숨겨서는 상처만 커질 뿐이다. 그 상처로 죽을 수도 있다. 상처는 터뜨려야 한다.

우선은 많이 아프겠지만 그래도 터뜨려서 고통이 커져야, 아물 수 있는 길을 시작하는 것이기 때문이다.

화엄華嚴에 오르다

김명인

어제 하루는 화엄 경내에서 쉬었으나

꿈이 들끓어 노고단을 오르는 아침 길이 마냥

바위를 뚫는

천공 같다, 돌다리 두드리며 잠긴

산문山門을 밀치고 올라서면 저 천연한

수목 속에서도 안 보이는

하늘의 운판雲板을 힘겹게 미는 바람소리 들린다

간밤에는 비가 왔으나, 아직 안개가

앞선 사람의 자취를 지운다, 마음이 구절양장九折羊腸인 듯

아침 길이 마냥 바위를 뚫는 천공 같다

길을 뚫는다는 것은

그렇다, 언제나 처음인 막막한 저 낯선 흡입

묵묵히 앞사람의 행로를 따라가지만

찾아내는 것은 이미 그의 뒷모습이 아니다

그럼에도 무엇이 이 산을 힘들게 오르게 하는가

길은, 누군들에게 물음이

아니랴, 저기 산모롱이 이정표를 돌아

의문부호로 꼬부라져 우화등선羽化登仙해 버린 듯 앞선 일행은

꼬리가 없다, 떨어져도 떠도는 산울림처럼

이 허방 허우적거리며 여기까지 좇아와서도

나는 정작 내 발의 티눈에 새삼스럽게 혼자 아픈가

길섶 풀물에 든

낡은 경經소리 한 구절 내내 떨쳐버리지 못해

시큰대는 발자국마다 마음 질척거리는데

화엄은 화음 속에 얼굴 감추고 하루 종일

굴참나무 잔가지에 엎히는 경전經典을 들어 나를 후려친다

우리는 늘 절에 가서 껍데기만 보고 온다. 산에 가서 산의 울음을 듣
지 못하듯이 절에서는 금칠한 부처와 단청만 보고 다 봤다고 한다.
목탁소리만 듣고 절의 소리를 다 들었단다. 처마 위 지나는 구름의
목소리도 듣지 못하면서….

무릎

백상웅

저 골목은 무릎을 펴본 적이 없다
좌판 뒤에 쭈그려 앉은 헐렁한 무릎들,
제 무르팍을 깎는 줄도 모르고 감자를 깎는다
내가 다 무릎이 시려 낮잠을 설치겠다
골목과 골목을 잇는 동안 관절염을 앓았나,
허리까지 몸빼를 올려 입은 길이 비쩍 말랐다
무릎이 귀 위로 올라가는 시간, 무릎들은
그늘 진 자리에 붉은 다라이를 낳았다
그 속엔 벌레 먹은 단감, 비린내 심한 고등어
구멍 숭숭한 알밤, 차갑게 식은 떡……
나는 남부청과물 이 층에서 골목을 내려다봤다
제대로 진설도 하지 않고 국밥을 말아먹는,
제 손으로 젯밥을 챙겨 먹는 무릎들
나를 무릎에 앉혀 키웠던 무릎도
전화를 걸어와 뼈가 저리단다, 엄마처럼

주름을 얹은 무릎들은 골목에 가만히 앉아서
세상 모든 식당의 문지방을 넘어 다녔겠다
냄비 속으로 들어가 구름의 꽁무니를 쫓거나
텅 빈 버스를 타고 동네 바깥으로 나가기도 했겠다
저 무릎들은 말없이 앉아 나사를 조일 뿐,
골목에게 해고당할 일 없어 화석처럼 살아남았다
무릎이 사라지면 골목은 순식간에 사라지고
세상의 물렁뼈는 뚝뚝 소리 내며 물팍을 꿇어버리겠다
골목이 좌판을 접으면 몸빼를 벗는 길
하늘이 대신 멍든 감자를 깎는다
살갗 벗겨진 달의 무릎이 이지러지고 있다

할머니는 무릎에서 찬바람이 쌀쌀 난다고 했다. 아무리 살펴봐도 바람 들어올 곳이 없는데 시도 때도 없이 무릎 얘길 했다. 그냥 그러려니 하며 모른 척 했다. 할머니는 내가 들으라고 한 얘기가 아니었던 모양이다. 어느 순간부터 내 무릎에서 찬바람이 조금씩 나오기 시작한다. 할머니 심으신 동백나무가 밤바람에 시리단다.

골목의 각질

강윤미

골목은 동굴이다

늘 겨울 같았다

일정한 온도와 습도가 유지되었다

누군가 한 사람만 익숙해진 것은 아니었다

공용 화장실이 있는 방부터

베란다가 있는 곳까지, 오리온자리의

1등성부터 5등성이 동시에 반짝거렸다

없는 것 빼고 다 있다는 표현처럼

구멍가게는 진부했다 속옷을 훔쳐가거나

창문을 엿보는 눈빛 덕분에

골목은 활기를 되찾기도 했다

우리는 한데 모여 취업을 걱정하거나

청춘보다 비싼 방값에 대해 이야기했다

닭다리를 뜯으며 값싼 연애를 혐오했다

청춘이 재산이라고 말하는 주인집 아주머니 말씀

알아들었지만 모르고 싶었다

우리가 나눈 말들은 어디로 가 쌓이는지

궁금해지는 겨울 초입

문을 닫으면 고요보다 더 고요해지는 골목

희미하게 새어 나오는 인기척에 세를 내주다가

얼굴 없는 가족이 되기도 했다

전봇대, 우편함, 방문, 화장실까지

전단지가 골목의 각질로 붙어 있다 붙어 있던

자리에 붙어 있다 어쩌면

골목의 뒤꿈치 같은 이들이

균형을 잡으려고 안간힘을 쓰다가

굳어버린 희망의 자국일 것이다

좋은 사람이건 나쁜 사람이건 이웃을 사랑하는 사람이야말로 가장 완전한 사람이다.

　　　　　　　　　　　　　　　　　　　　　　　　　　　　　　－마호메트

골목 구석에는 온갖 소문들이 모여 있다. 이천댁 아저씨 소주 먹고
들어와 살림 부수던 얘기와 보성댁 딸 대학 보낸다는 얘기, 부모 등
골 뺀다는 얘기들이 소문으로 골목 먼지 쓰고 플라타너스 낙엽 사이
에 누워 입가를 닦고 있다. 별들이 내려와 그 옆에 자리 잡는다.

시나가는 여인에게

샤를 보들레르

거리는 내 주위에서 귀 아프게 아우성치고 있었네
큰 키에 날씬한 여인이 상복을 차려입고
화려한 손으로 가장자리 꽃무늬 장식된
치맛자락을 치켜들며 장중한 고통에 싸여 지나갔네

조각 같은 다리를 가진 그녀, 유연하고 고상해라
나는 마시고 있었네, 넋 나간 사람처럼 몸을 떨며,
태풍 품은 납빛 하늘 같은 그녀 눈 속에서
매혹적인 감미로움과 목숨 바칠 듯한 즐거움을

한 줄기 번갯불…곧 이어 어둠! 그 눈빛이
한순간에 나를 되살리고 사라진 미인이여,
나는 그대를 영원 속에서만 보리

이곳에서 멀리 저 세상에서! 너무 늦었네! 다시는 만날 수 없으리!

그대 사라진 곳 내가 모르고, 내가 간 곳 그대 모르니,

오 내가 사랑한 이는 그대인데, 오 그걸 아는 이 그대인데!

사랑은 생명을 이어갈 강한 힘이다.

내 속에서 솟아나오는 사랑의 샘물은 내 삶의 불꽃을 유지시켜주는 장작이 된다. 하나의 사랑에 자신이 가진 생명력을 완전히 소진하여 다시는 불꽃을 일으키지 못할 것 같아도 그 회색의 긴 터널을 지나고 나면 다시 사랑할 힘을 가질 수 있는 것이다. 그때에야 비로소 사랑은 살아 움직이는 것이라는 걸 깨닫게 된다.

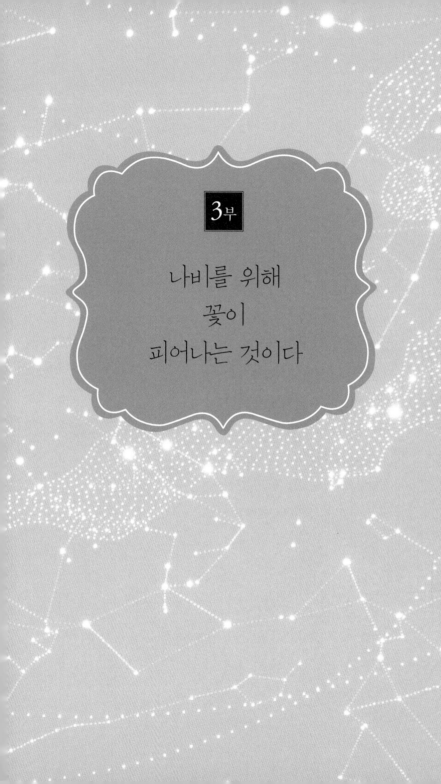

3부

나비를 위해
꽃이
피어나는 것이다

처음 가는 길

도종환

아무도 가지 않은 길은 없다*

다만 내가 처음 가는 길일 뿐이다

누구도 앞서 가지 않은 길은 없다

오랫동안 가지 않은 길이 있을 뿐이다

두려워 말아라 두려워하였지만

많은 이들이 결국 이 길을 갔다

죽음에 이르는 길조차도

자기 전 생애를 끌고 넘은 이들이 있다

순탄하기만 한 길은 길 아니다

낯설고 절박한 세계에 닿아서 길인 것이다

* 베드로시안은 〈그런 길은 없다〉에서 "아무도 걸어가본 적이 없는 그런 길은 없다"고 한
  바 있다.

잊지 말라. 오늘이란 날은 두 번 다시 오지 않는다는 것을.

－알리기에리 단테

길을 만드는 일은 외로운 일이다. 누구와도 의논할 수 없는 고독의 길이다. 그리고 길을 만들어야 하는 사람은 태어나면서 정해진다. 이마에 표식을 가지고 태어나는 것이다.

자신의 길을 가야만 한다. 자신의 알껍질을 깨어야 더 큰 세계가 열리는 것이다.

가던 길 멈춰 서서

월리엄 헨리 데이비스

근심에 가득 차, 가던 길 멈춰 서서
잠시 주위를 바라볼 틈도 없다면 얼마나 슬픈 인생일까?

나무 아래 서 있는 양이나 젖소처럼
한가로이 오랫동안 바라볼 틈도 없다면

숲을 지날 때 다람쥐가 풀숲에
개암 감추는 것을 바라볼 틈도 없다면

햇빛 눈부신 한낮, 밤하늘처럼
별들 반짝이는 강물을 바라볼 틈도 없다면

아름다운 여인의 눈길과 발
또 그 발이 춤추는 맵시 바라볼 틈도 없다면

눈가에서 시작한 그녀의 미소가
입술로 번지는 것을 기다릴 틈도 없다면

그런 인생은 불쌍한 인생, 근심으로 가득 차
가던 길 멈춰 서서 잠시 주위를 바라볼 틈도 없다면

스스로의 삶을 돌아볼 시간을 갖자.
가끔 멈춰 서서 너무 멀리 지나와 있는 건 아닌지, 바람처럼 달려오
진 않았는지, 그림자가 형체를 갖추기도 전에 마음을 옮긴 것은 아닌
지···.
많이 흔들린 삶을 추스를 시간을 가져야 한다.

바람 부는 날

윤강로

몇 개의 마른 열매와

몇 잎의 낡은 잎새만을 보면서

오래 오래

기다려 보았나

몇 개의 마른 열매와

몇 잎의 낡은 잎새로

세상에 매달려 보았나

흔적을 남기지 않는

바람에 시달려 보았나

흔적을 남기지 않는

바람이 되어 스친 것들을

잊어 보았나

삶이 소중한 만큼

삶이 고통스러운 만큼

몇 개의 마른 열매와

몇 개의 낡은 잎새를

사랑해 보았나

바람은 나를 사랑하는가. 그저 땅에서 일어나는 먼지의 일부로 나를
보는 것이 아닌가. 떨어진 낙엽을 운동장 구석에 모으듯이, 사람들
강가에 모아 놓은 곳이 있는 것이 아닌가.
어느 날 낙엽 불 지르듯 사람들 한꺼번에 연기로 오르는 것 아닌가.

풀

김수영

풀이 눕는다
비를 몰아 오는 동풍에 나부껴
풀은 눕고
드디어 울었다
날이 흐려서 더 울다가
다시 누웠다

풀이 눕는다
바람보다도 더 빨리 눕는다
바람보다도 더 빨리 울고
바람보다 먼저 일어난다

날이 흐리고 풀이 눕는다
발목까지
발밑까지 눕는다

바람보다 늦게 누워도
바람보다 먼저 일어나고
바람보다 늦게 울어도
바람보다 먼저 웃는다
날이 흐리고 풀뿌리가 눕는다

언제부턴가 우리는 풀이 되었다. 물이었던 기억을 아득히 들고 서 있다.
바람에 짓눌리는 삶을 끈질기게 견뎌왔다. 아무도 모르는 중에 별이
되었다.
그리고 발목 옆에 꿈을 묻었다.
가을이 지나갔을 뿐이다.

내 젊음의 초상

헤르만 헤세

지금은 벌써 전설이 되어 버린 먼 과거로부터
내 젊음의 초상이 나를 바라보며 묻는다
지난날 태양의 밝음으로부터
무엇이 반짝이고 무엇이 불타고 있는가를

그때 내 앞에 비추어진 길은
나에게 많은 번민의 밤과
커다란 변화를 가져왔다
나는 그 길을 이제 두 번 다시 걷고 싶지 않다

하지만 나는 내 길을 성실하게 걸어 왔고
그 추억은 보배로운 것이었다
잘못도 실패도 많았지만
나는 절대 그것을 후회하지 않는다

도전은 젊음의 특권이다. - 앙드레 지드

젊다는 것은 뭐든지 할 수 있다는 말이다. 할 수도 있지만 해야 하는 것이 있다는 말이다. 하는 것이 귀찮아서 아무것도 하지 않는다면 아무것도 아닌 것이 되어버린다는 말이다.

뭔가 시도하고 도전하는 것이 젊음이다. 움직여야 한다는 말이다.

117

구부러진 길

이준관

나는 구부러진 길이 좋다

구부러진 길을 가면

나비의 밥그릇 같은 민들레를 만날 수 있고

감자를 심는 사람을 만날 수 있다

날이 저물면 울타리 너머로 밥 먹으라고 부르는

어머니의 목소리도 들을 수 있다

구부러진 하천에 물고기가 많이 모여 살듯이

들꽃도 많이 피고 볕도 많이 드는 구부러진 길

구부러진 길은 산을 품고 마을을 품고

구불구불 간다

그 구부러진 길처럼 살아온 사람이 나는 또한 좋다

반듯한 길 쉽게 살아온 사람보다

흙투성이 감자처럼 울퉁불퉁 살아온 사람의

구불구불 구부러진 삶이 좋다

구부러진 주름살에 가족을 품고 이웃을 품고 가는

구부러진 길 같은 사람이 좋다

시간이 멈춘 곳에 대한 기억을 품고 있다. 길이 길로 이어지듯, 시간
은 시간으로 이어지고 있다. 앞니가 죄다 없는 할머니가 골목 어귀에
앉아 지나가는 사람들을 살펴보고 있다.
너에 대한 관심으로 인해 하나의 별자리로 묶이는 것이다.

말의 힘

황인숙

기분 좋은 말을 생각해보자

파랑다 하얗다 깨끗하다 싱그럽다

신선하다 짜릿하다 후련하다

기분 좋은 말을 소리내보자

시원하다 달콤하다 아늑하다 아이스크림

얼음 바람 아아아 사랑하는 소중한 달린다

비!

머릿속에 가득 기분 좋은

느낌표를 밟아보자

느낌표들을 밟아보자 만져보자 핥아보자

깨물어보자 맞아보자 터뜨려보자!

말을 해야 한다. 말하지 않음으로 받는 오해를 풀어야 한다. 말하지 않아서 속이는 일이 없어야 한다. 해야 할 말은 반드시 해야 하는 것이다. 하지만 할 말을 참을 줄 아는 꽃이 오래 피어 있다. 비밀을 많이 품은 꽃은 씨방을 힘겨워하고 있다.

사랑하는 별 하나

이성선

나도 별과 같은 사람이
될 수 있을까
외로워 쳐다보면
눈 마주쳐 마음 비쳐 주는
그런 사람이 될 수 있을까

나도 꽃이 될 수 있을까
세상일이 괴로워 쓸쓸히 밖으로 나서는 날에
가슴에 화안히 안기어
눈물짓듯 웃어 주는
하얀 들꽃이 될 수 있을까

가슴에 사랑하는 별 하나를 갖고 싶다
외로울 때 부르면 다가오는
별 하나를 갖고 싶다

마음 어두운 밤 깊을수록

우러러 쳐다보면

반짝이는 그 맑은 눈빛으로 나를 씻어

길을 비추어 주는

그런 사람 하나 갖고 싶다

인생에 있어 비극은 죽음이 아니라 사랑을 멈추는 것이다. - 서머셋 몸

아무도 나를 향해 눈길을 주지 않는다. 누구도 나에게 손 내밀어 주지 않는 세상이다. 다들 나를 바라보며 내가 손 내밀어 주길 기다리고 있는 것이라는 걸 느낀다.
눈길을 돌리니 다들 간절함으로 고개를 든다. 뭔가 할 수 있다는 게 신기할 따름이다.

귀뚜라미

나희덕

높은 가지를 흔드는 매미소리에 묻혀
내 울음 아직 노래 아니다

차가운 바닥 위에 토하는 울음,
풀잎 없고 이슬 한 방울 내리지 않는
지하도 콘크리트벽 좁은 틈에서
숨 막힐 듯, 그러나 나 여기 살아있다
귀뚜르르 뚜르르 보내는 타전打電 소리가
누구의 마음 하나 울릴 수 있을까

지금은 매미 떼가 하늘을 찌르는 시절
그 소리 걷히고 맑은 가을이
어린 풀숲 위에 내려와 뒤척이기도 하고
계단을 타고 이 땅밑까지 내려오는 날

발길에 눌러 우는 내 울음도

누군가의 가슴에 실려 가는 노래일 수 있을까

아무리 노력해도 도달하지 못하는 목표가 있다.

노력이 부족하지 않았는지, 간절함이 모자라지 않았는지 돌아볼

일이다. 또한 내가 바라는 일로 인해 직접적으로 누구에겐가 피해가

가는 일이 없는지 확인해야 한다.

간절함은 산을 움직일 수 있다는 말을 믿어라.

고독의 노래

알렉산더 포프

시간이 흐르고 하루 또 한 해가
고요하게 흘러갈 때
무심코 세월을 보내는 사람은
정말 행복하다
건강한 몸 평화로운 마음으로
세월을 떠나보내는 사람은

밤에는 깊은 잠을 즐기고
낮에는 생각하며 평온을 즐긴다
휴식은 얼마나 감미로운가
순수와 고결 속에 잠기는
명상은 얼마나 기쁜 것인가

그러니 남의 눈에 띄지도 않고
이름조차 알려지지 않은 채

나 홀로 조용히 살게 하라

죽은 뒤에는 그 누구도

나를 위해 슬퍼하지 마라

공연히 세상에서 돌 하나 훔쳐내

내가 누운 곳을 알려주는 짓

절대로 절대로 하지 마라

아무것도 아닌 채로 왔다가 점 하나 찍지 않고 가는 것이 제일 아름다운 것이다. 화장할 수 있는 얼굴을 가진 것도 고맙고 누군가를 그리워 할 수 있는 가슴을 주신 것도 감사하다.

지금 이 순간 내 속에 공기가 들어갔다 나왔다 하는 것이 얼마나 특별한 일인가 말이다.

푸른 하늘이 너무 아름다운 하루이다.

숟가락에게 밥을 먹이다

김남수

싱크대 서랍 속 오래된 숟가락 한 개 묻혀있다
아무도 꺼내보지 않는 녹슨 시간을
손잡이 떨어져 나간 아래 칸이 애지중지 보듬고 있다
그 해 여름 물에 젖은 고향마을
되보뚝 강가에서 데려온 지 스물일곱 해
무덤 같은 서랍문을 열고 나온다

삼백예순 번 두들겨 맞아야 완성되는 방짜 놋숟가락

어느 대장장이의 새벽 닭 울음이 미완의 담금질을 서둘러 마무
리 했을까
울룩불룩 널브러진 볼
마른 손잡이
손바닥에 올려놓고 오래 들여다본다

산 아래 발 벗은 움막집

오글오글 무 속 파먹으며 겨울을 건너왔을까

재 너머 방물장수 등에 업은 애기

한 술 두 술 집집마다 얻어 먹여도

칭얼대는 해질녘, 동구 밖

버드나무 그늘 떠먹이다 늙어갔을까

모서리마다 아프게 핥아주다

밥상머리 한 번 올라보지 못한 낡은 놋숟가락

오랜만에 따순 밥 지어 고봉 한 술 떠먹인다

꽃이 시들면 나비도 오지 않는다. 나비를 위해 꽃이 피어나는 것이다. 밥은 숟가락을 위해 존재하는 것이다. 서로를 위해 존재하는 것이다. 하나가 사라지면 나머지도 시름시름 앓다가 결국 생명이 끊어지는 것이다.

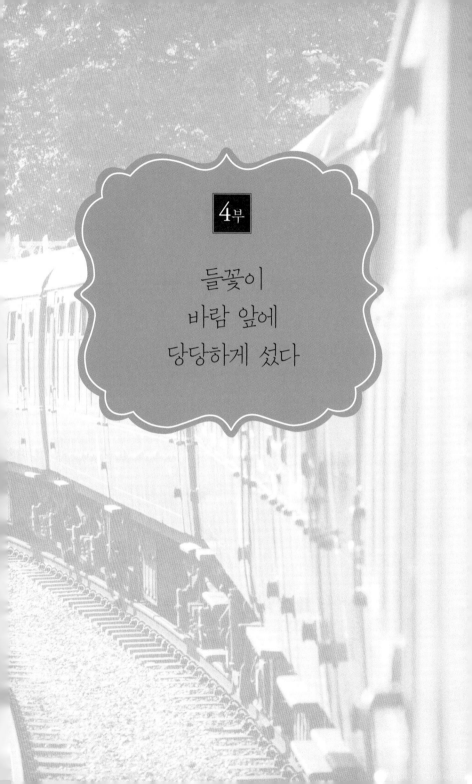

4부

들꽃이
바람 앞에
당당하게 섰다

희망을 만드는 사람이 되라

정호승

이 세상 사람들 모두 잠들고
어둠 속에 갇혀서 꿈조차 잠이 들 때
홀로 일어난 새벽을 두려워 말고
별을 보고 걸어가는 사람이 되라
희망을 만드는 사람이 되라

겨울밤은 깊어서 눈만 내리어
돌아갈 길 없는 오늘 눈 오는 밤도
하루의 일을 끝낸 작업장 부근
촛불도 꺼져가는 어둔 방에서
슬픔을 사랑하는 사람이 되라
희망을 만드는 사람이 되라

절망도 없는 이 절망의 세상
슬픔도 없는 이 슬픔의 세상

사랑하며 살아가면 봄눈이 온다
눈 맞으며 기다리던 기다림 만나
눈 맞으며 그리웁던 그리움 만나
얼씨구나 부둥켜안고 웃어보아라
절씨구나 뺨 부비며 울어보아라

별을 보고 걸어가는 사람이 되어
희망을 만드는 사람이 되어
봄눈 내리는 보리밭길 걷는 자들은
누구든지 달려와서 가슴 가득히
꿈을 받아라
꿈을 받아라

우리들은 과거에의 집착보다 미래의 희망으로 살고 있다. —조지 무어

초등학교 운동회에 펄럭이는 만국기가 되어 내려다본다.
운동장을 달리는 아이들보다 더 신나는 일이 아닌가.
플라스틱 바가지 한 개를 위해 달리는 동네 아저씨들의 발보다
빨리 가는 마음이다.
흔들릴 때마다 흔들릴 때마다.
햇살 따스한 가을 운동장에 서 보는 것이다.

만일

루디야드 키플링

만일 네가 모든 걸 잃었고 모두가 너를 비난할 때
너 자신이 머리를 똑바로 쳐들 수 있다면,
만일 모든 사람이 널 의심할 때
너 자신은 스스로를 신뢰할 수 있다면

만일 네가 기다릴 수 있고
또한 기다림에 지치지 않을 수 있다면,
거짓이 들리더라도 거짓과 타협하지 않으며
그 미움에 지지 않을 수 있다면,
그러면서도 너무 선한 체하지 않고
너무 지혜로운 말들을 늘어놓지 않을 수 있다면,

만일 네가 꿈을 갖더라도
그 꿈의 노예가 되지 않을 수 있다면,
또한 네가 어떤 생각을 갖더라도

그 생각이 유일한 목표가 되지 않게 할 수 있다면,

그리고 만일 인생의 길에서 성공과 실패를 만나더라도
그 두 가지를 똑같은 것으로 받아들일 수 있다면,
네가 말한 진실이 왜곡되어 바보로 만든다 하더라도
너 자신은 그것을 참고 들을 수 있다면,
그리고 만일 너의 전 생애를 바친 일이 무너지더라도
몸을 굽히고서 그걸 다시 일으켜 세울 수 있다면,

한 번쯤 네가 쌓아 올린 모든 걸 걸고
내기를 할 수 있다면,
그래서 다 잃더라도 처음부터 다시 시작할 수 있다면,
그러면서도 네가 잃은 것에 대해 침묵할 수 있고
다 잃은 뒤에도 변함없이
네 가슴과 어깨와 머리가 널 위해서 일할 수 있다면,

내가 아직 살아 있는 동안에는 나로 하여금 헛되이 살지 않게 하라. —에머슨

설령 너에게 아무것도 남아 있지 않는다 해도
강한 의지로 그것을 움직일 수 있다면,

만일 군중과 이야기하면서도 너 자신의 덕을 지킬 수 있고
왕과 함께 걸으면서도 상식을 잃지 않을 수 있다면,
적이든 친구든 너를 해치지 않게 할 수 있다면,
모두가 너에게 도움을 청하되
그들로 하여금
너에게 너무 의존하지 않게 할 수 있다면,
그리고 만일 네가 도저히 용서할 수 없는 1분간을
거리에 두고 바라보는 60초로 대신할 수 있다면,
그렇다면 세상은 너의 것이며
너는 비로소
한 사람의 어른이 되는 것이다

어른이 된다는 것은 얼마나 두려운 일인가? 어린이날 선물을 받을 수 있을 때가 가장 행복한 것이다. 어른이 되면 자신의 삶에 대해 책임을 져야 하는 것은 물론이고 자신이 관여하는 다른 사람의 삶도 영향을 끼칠 수 있다는 말이 된다.

누군가의 그늘 아래 살 수 있을 때가 가장 행복한 것이지만 누군가의 그늘막이 되어 보살펴야 하는 것도 필연적으로 받아들여야 할 때가 온다는 것을 알고 준비해야 한다.

하루밖에 살 수 없다면

울리히 샤퍼

하루는 한 생애의 축소판
아침에 눈을 뜨면
하나의 생애가 시작되고
피로한 몸을 뉘여 잠자리에 들면
또 하나의 생애가 마감됩니다
우리가 단 하루밖에 살 수 없다고
가정해 봅시다
눈을 뜰 때 태어나
잠들면 죽는다는

하루밖에 살 수 없다면
나는 당신에게
투정부리지 않을 겁니다
하루밖에 살 수 없다면
당신에게 좀 더 부드럽게 대할 겁니다

아무리 힘겨운 일이 있더라도
불평하지 않을 거고요
하루밖에 살 수 없다면
더 열심히 당신을 사랑할 겁니다
아무도 미워하지 않고
모두 사랑하기만 하겠습니다

그러나 정말 하루밖에 살 수 없다면
나는 당신만은 사랑하지 않을 겁니다
죽어서도 버리지 못할 그리움
그 엄청난 고통이 두려워
당신 등 뒤에서
그저 울고만 있을 겁니다
바보처럼

어떤 것이 계획대로 되지 않는다고 해서 그것이 불필요한 것은 아니다.
―토마스 알바 에디슨

살 수 있게 된 것이 고맙다.
생명을 가지고, 생각하며 살게 된 것이 고맙다.
순간순간 모여서 '나'가 되는 삶. 모두가 고마운 것 투성이다.

인생 예찬

헨리 워즈워드 롱펠로

슬픈 사연으로
내게 말하지 말라
인생은 한갓 헛된 꿈에 불과하다고!

잠자는 영혼은 죽는 것이니
만물의 외양의 모습
그대로가 아니다

인생은 진실이다! 인생은 진지하다
무덤이 그 종말이 될 수는 없다
"너는 흙이니 흙으로 돌아가라."
이 말은 영혼에 대해 한 말은 아니다

우리가 가야 할 곳,
또한 가는 길은

향락도 아니요,
슬픔도 아니다

저마다 내일이
오늘보다 낫도록
행동하는 그것이 목적이요, 길이다
예술은 길고
세월은 빨리 간다

우리의 심장은 튼튼하고 용감하나
싸맨 북소리처럼 둔탁하게
무덤 향한
장송곡을 치고 있으니
이 세상 넓고 넓은 싸움터에서
인생의 노영 안에서

발 없이 쫓기는

짐승처럼 되지 말고

싸움에 이기는

영웅이 돼라

삶은 가식이 될 수 없다. 가식이 되어서는 안 된다.

한 번밖에 없는 삶을 허무하게 소진해서는 안 되는 것이다.

누구도 어제를 오늘로 되돌릴 수 없다. 오늘, 꽃잎으로 아름다운 것은
내일 열매로 다시 아름다울 수 있을 뿐, 오늘의 꽃잎이 다시 올 수는
없는 것이다.

희망

양애경

당신이 나를 자꾸 시험한다

또 당했군 아침에 깨어나 앉아

쓴웃음을 짓는다

가슴이 쓴 소금으로 가득 차고

눈에는 눈물이 글썽해진다

하늘이 여전히 어둡고

나는 천천히 설탕을 타지 않은 커피를 마신다

무엇 때문에 살아가는 것일까

나는 늘 새로 시작할 수 있다

그리고 희망이여 언제나와 같이

당신이 쓴 아침을 보낼 것이다

또 당했군 소금물이 상처를 씻어 내리는 것을 느끼면서

천천히 문을 열고

거울같이 현관을 닦는다

화분에 새로 물을 준다

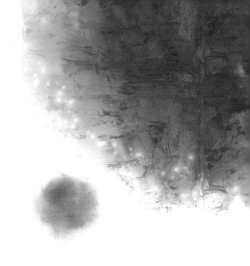

태어난다는 것은 행운이다. 수억대 일의 경쟁률을 뚫고 '나'가 형성된 것이다. 그러고도 수많은 난관을 헤치고 태어나 오늘을 이루었다. 순간순간 닥치는 위험요소들을 피하며 살아간다는 것은 큰 축복인 것이다.

들꽃이 바람 앞에 당당하게 섰다.

저녁에

김광섭

저렇게 많은 중에서
별 하나가 나를 내려다본다
이렇게 많은 사람 중에서
그 별 하나를 쳐다본다

밤이 깊을수록
별은 밝음 속에 사라지고
나는 어둠 속에 사라진다

이렇게 정다운
너 하나 나 하나는
어디서 무엇이 되어
다시 만나랴

단순하게 살아라. 쓸데없는 절차와 일 때문에 얼마나 복잡한 삶을 살아가는가?

－이드리스 샤흐

나와 너의 삶에 함께한다.

세상에는 나와 너만 존재할 뿐 나와 너 아닌 것은 아무것도 아닐 뿐
이다. 내가 너라고 불러볼 때 비로소 너가 내 안에 들어와 화안한 미
소를 짓는다.

내가 생명을 시작하는 것이다.

빛 – 꽃망울

정현종

당신을 통과하여
나는 참되다, 내 사랑
당신을 통과하면
모든 게 살아나고
춤추고
환하고
웃는다
터질 듯한 빛—
당신, 더없는 광원光源이
빛을 증식한다!
(다시 말하여)
모든 공간은 꽃핀다!

당신을 통해서
모든 게 새로 태어난다, 내 사랑

152

새롭지 않은 게 있느냐

여명의 자궁이여

그 빛 속에서는

꿈도 심장도 모두 꽃망울

팽창하는 우주이니

당신을 통과하여

나는 참되다, 내 사랑

내 삶의 분기점은 어디인가. 그냥 밋밋하게 바람 부는 대로 끌려오지 않았나? 인생에서 터닝 포인트 하나쯤은 마련해야 하지 않겠나. 내 삶은 지금 이 자리에 서기까지와, 이 자리를 지나 서로 나뉜다고 자신 있게 말할 수 있도록 뭔가 긍정적인 시도를 해보자. 뭔가를 하는 것은 아무것도 하지 않고 빈둥거리는 것보다 훨씬 나은 것이다.

그대의 편지

그대의 편지는 내 생애에 새로운 시대를 열고
나를 불꽃으로 채워주고 있습니다
우리와 이 세상 사이에 마치
전쟁이 선포된 느낌이 듭니다
그러나 우리는 끝내 승리할 것입니다
우리는 정복할 것입니다
한 달 전에는 이렇게 단언하지 못했지만
이제는 내 영혼의 모든 목소리를 동원해서
나는 확실히 말할 수 있습니다
나는 이제 몽상가가 아닙니다
꿈의 세계는 아름답지만, 그 세계 너머
절대자가 머무는 영역이 있습니다

그대의 가치는 그대가 품은 이상에 의해 결정된다.
용기는 위기에 처했을 때 빛나는 힘이다. —그라시안

종이에 쓴 편지라야 마음을 담을 수 있다. 필요한 사항만 간단히 적
는 문자가 아니라 마음의 꽃을 피우는 방법으로 종이에 쓰는 것이다.
깊은 생각의 샘에서 솟아오르는 차가운 물이 그대에게 전달되는 시
간 마음 바구니에 담아 우표를 붙인다.

위안

제니스 램

당신으로부터 위안을 얻습니다

어린아이의 눈망울에 반사되는

따스한 불빛에서 위안을 느끼듯

당신으로부터 약속을 느낍니다

고통 후에 떠오르는 무지개를 느끼듯

당신으로부터 열정을 봅니다

가슴으로만 느낄 수 있는

세심한 키스에서 열정을 보듯

당신으로부터 목표를 배웁니다

기다림의 끝에 도달할 수 있는 목표를

당신으로부터 사랑을 느낍니다

비교할 수 없는 당신의 이상을

당신으로부터 배웠습니다

태양의 따스함과 평화를

당신으로부터 의미를 알았습니다

풀잎에 맺힌 이슬, 어깨에 떨어지는 빗방울,

그리고 내 마음속에 영원히 지지 않는 태양을

혼자 살아가는 것이 전부인 시대이다. 병원에 누워 있어 보면 나의 아픔을 나누어 갈 수 있는 사람은 아무도 없다. 아플 만큼 아파야 상처가 아무는 것이라는 말을 늘어놓으며 '위로'라고 한다. 아무도 도와주지 않는 나의 삶에 대해 내가 책임져야 한다.

내 꽃의 빛깔에 대해서는 나의 몫인 것이다.

희망을 위하여

곽재구

너를 사랑한다고 말할 수 있다면
굳게 껴안은 두 팔을 놓지 않으리
너를 향하는 뜨거운 마음이
두터운 네 등 위에 내려앉는
겨울날의 송이눈처럼 너를 포근하게
감싸 껴안을 수 있다면
너를 생각하는 마음이 더욱 깊어져
네 곁에 누울 수 없는 내 마음조차 더욱
편안하게 어머니의 무릎잠처럼
고요하게 나를 누일 수 있다면
그러나 결코 잠들지 않으리
두 눈을 뜨고 어둠 속을 질러오는
한세상의 슬픔을 보리
네게로 가는 마음의 길이 굽어져
오늘은 그 끝이 보이지 않더라도

158

네게로 가는 불빛 잃은 발걸음들이

어두어진 들판을 이리의 목소리로 울부짖을지라도

너를 사랑한다고 말할 수 있다면

굳게 껴안은 두 손을 풀지 않으리

희망은 내일로 향해 가는 오솔길이다. 입구에 서면 마지막 나가는 길이 보이지 않는다. 그래서 망설이다 다른 길로 가버리는 사람도 있다. 하지만 자신을 믿고, 자신의 선택과 발걸음을 믿고 한걸음씩 나아가다보면 반드시 마지막 출구에 도달하게 된다.

숲의 나무와 풀들이 가리키는 방향으로 나아가면 반드시 이루어지는 것이다.

험한 세상 다리 되어

폴 사이먼

당신이
의기소침해하거나
당신의 눈동자에
눈물이 고일 때
당신의 눈물을 닦아 주고
당신 곁에 있으리라

고난이 몰아쳐
찾는 친구도 없을 때
거센 물을 건너는 다리처럼
나를 비추리라
낯선 곳에서 향수에 젖을 때나
고통의 밤이 찾아오면
당신을 편안하게 해 주리라

세상에서 가장 멋진 것은 따뜻한 가슴으로만 느낄 수 있다.

– 헬렌 켈러

땅거미가 지고
고통의 밤이 오면
험한 세상 건너는 다리처럼
나를 희생하리라
노를 저어요 계속 저어가요
곧 빛이 비치리라

당신의 꿈이 이루어지리라
자 저 빛을 봐요
빛이 필요하다면
난 곧장 노 저어 가리라
험한 세상 건너는 다리처럼
당신의 마음을
안정시키리라

당신의 마음을
편안하게 하리라

자신의 속마음을 털어 놓을 친구가 있는가?
그 친구가 즐거운 마음으로 나의 고민을 들어주고 있는가?
나와 함께 고민하고 괴로워하고 있는가를 생각해보면….
그 친구는 자신의 속마음을 나에게 털어놓는가?
내가 진정한 친구라고 말하는 그가 나를 세상에 둘도 없는 친구라고
말해 줄 수 있을까?
함께 손잡고 인생의 강을 건널 수 있는 친구가 있었으면 좋겠다.

기도

맥스 어만

내 할 일은 날마다

내 스스로 하게끔 하여 주시고

때로 캄캄한 절망에 사로잡힐 때면

외로움에 지쳐 있을 때

나에게 위안을 주던

그 힘을 떠올리게 하소서

어린 시절 고요한 강가에서 꿈꾸던

그 화사한 날들을 그려 보게 하소서

그때 난 신께 약속했었죠

나의 열정은 뜨거우며

변하는 세월의 바람 속에서도

결코 용기를 잃지 않겠노라고

쓰라린 패배의 고통과

방심의 틈을 비집고 들어오는

강렬한 욕정으로부터 지켜 주소서

가난과 풍요가

마음속에서 우러나오는 것임을

잊지 않게 하소서

날마다 눈을 들어 하늘을 올려다보게 하시고

저 수많은 별들의 찬란함을 깨닫게 하소서

스스로를 비난하지 않을 뿐더러

함부로 남을 심판하지 않게 하소서

세상의 열띤 함성에 휩쓸리지 않고

묵묵히 나의 길을 걸어가게 하소서

있는 그대로의 나를 사랑할 친구들을 보내 주시고
정처 없는 나의 여정에
따스한 희망의 불빛이
꺼지지 않고 타오르게 하소서

그리고 병들고 늙어
내 꿈의 성채에 접근할 수 없게 될지라도
아름다웠던 한 생애와 지난 달콤했던 세월의
오랜 추억들에 대하여
변함없이 감사할 수 있게 하소서

겸손은 천국의 문을 열고 교만은 지옥의 문을 연다. -앙드레 지드

기도는 자기 최면이라는 말을 한다. 일상의 생활이 기도인 사람들도 있지만 막다른 골목에서 올리는 일생의 처음 기도는 화살이고 비행기구름이다.

아무런 방법이 없을 때 기도를 올린다. 할 수 있는 방법을 다 쓰고 그래도 탈출구가 보이지 않을 때 올리는 기도는 생명이다. 간절하면 할수록 이루어질 수 있는 것이다.

기도는 생명의 깃발이다.

편지를 보냈습니다

루디

낙엽 지는 이 계절
나는 그리운 사람에게
한 통의 편지를 쓰겠습니다
나의 가슴속에 담긴 진실을
낙엽 지는 이 계절에
편지를 띄울 사람이 있다는 것이
정말 다행입니다

서재에서 차 한 잔을 끓이면서
시간이 소중하다는 것을 새삼 느끼며
편지를 쓸 수 있는 사람이 있다는 것이
참으로 감사하고 다행이라는 생각을 합니다

창문으로 불어오는 서늘한 바람이
나의 이마와 머리카락을 스칩니다

168

아침 뜨락의 상쾌함을 느끼며
삶을 생각하고
사랑을 꿈꾸었던 아름다웠던
그 시간들을 떠올리며
보고 싶은 그 사람에게
편지를 쓰겠습니다

어느덧 한 통의 편지를 다 쓰고
마침표를 찍습니다
사랑한다

사랑한다는 마침표를 말입니다

인간은 오직 사고思考의 산물일 뿐이다. 생각하는 대로 되는 법. -간디

그리움은 사랑보다 더 큰 힘으로 우리 삶을 이끌고 있다. 누군가를 그리워하고 보고 싶어 한다는 건 별을 볼 수 있는 마음을 가졌다는 말이다.

바람이 불 때마다 흔들리는 옥수수 잎처럼 소리내어 그리워할지라도 뿌리의 굳은 줄기처럼 자신의 자리를 지켜가는 것이다.

오늘도 그리운 사람이여.

귀여운 여인에게

앤드류 마벨

아침이슬처럼 그대 피부에서 젊음이 빛날 때
거침없이 불타는 그대 영혼이
피부의 구멍마다 뿜어 나와 증발하는 동안
우리는 마음껏 우리 삶을 즐기자
우리 힘 우리 감미로움을 모두 모아서
한 덩어리 둥근 원으로 춤추자
삶의 철문을 거칠게 흔들어 대며
거기서 우리 뜨거움으로 노래하자
태양을 우리가 정지시킬 수는 없어도
힘차게 달려가게 만들 수는 있으니까

여자는 어떠한 나이라도 사랑에는 약한 것이다.
그러나 젊고 순진한 가슴에는 그것이 좋은 열매를 맺는다. -푸시킨

여성은 어떤 상황, 어떤 의미로든 존중받아야 한다. 단지 여성이고 또 어머니가 될 수 있고 어머니가 되었을 수 있기에 존중하여야 한다는 말이다.

설사 어싱성을 모두 잃어버렸다고 하더라도 여성으로 태어난 것만으로 우리는 존중해야 한다. 우리 모두의 본향이고 또 그 품에서 나왔기 때문이다.

당신이 누군가를 필요로 할 때

고든 메레디스 라이트푸트 주니어

나는 당신이 가는 그 먼 곳이
좋은 곳이기를 빌어요
만약
비가 오거나 눈이 온다 하더라도
안전하고 따뜻하게 지내기를……
그리고 어느 땐가
당신에게 그 누군가가 필요할 때
당신도 알고 있듯이

나는
언제나
거기에 있을 거예요

사랑 받지 못하는 것은 슬프다. 그러나 사랑할 수 없는 것은 더 슬프다.
  -머겔 데 우나무노

이별은 만남을 위해 반드시 필요한 것이다. 만남으로 계속되어지면
그 관계는 늘 함께 하는 것이기에 만남의 반가움은 없는 것이다.
만남의 반가움과 기쁨을 느끼기 위해서 꼭 필요한 전제 조건이 이별
이다. 하지만 이별은 가슴을 헤집는 아픔을 동반한다. 심지어 영혼을
불사르고 생명의 불이 꺼져가는 고통을 동반한다.
아픔이 클수록 새로 만나는 반가움이 아름다울 수 있다.

그 슬픔을 안다

그레이스 놀 크로웰

사랑하는 이여
지금 울고 있는 그대 곁에 앉아
가만히 그대의 손을 잡게 해줘요
나 역시 그대와 똑같이 슬픔을 겪고 있기에
그 슬픔을 잘 알고 있답니다

그대 곁에 있게 해줘요
슬퍼하는 그대 곁에 조용히
앉아 있게만 해줘요

사랑하는 이여
눈물을 거두라고
말하지는 않겠어요
눈물마저도 위안이 될 수 있다는 것을 잘 알기 때문에

슬퍼하는 그대 곁에 있게 해줘요

가만히 그대 곁에서 그대의 손을 잡게 해줘요

나 역시 그대와 똑같이 슬픔을 겪고 있기에

그 슬픔을 잘 알고 있답니다

슬픔은 영혼을 갉아먹는 병이다. 영혼이 소멸되기 전에 슬픔을 함께
나눌 친구가 있어야 한다. 기쁨을 함께 나눌 친구는 많아도 슬픔을
같이 들어줄 친구는 찾기 힘들다.

슬픔이 가슴 속에 응어리가 되어 맺힐 때 네 손을 잡아줄 나를 찾아
야 한다.

내 가슴도 초록물 머금고

함혜련

이른 아침

눈부신 햇살

들판에 깔린 우유빛 안개

안개 밑의 초록빛 풀들

공중에 뜬 종달새 노래 아침이슬에 어리어 반짝거린다

마당가에 자두나무 살구나무 복숭아나무 포도나무

새 눈이 터질 듯

부풀어 오르고

바닷물 소리 바람 소리에 어우러져

세계는 바야흐로 새 날을 꽃 피우려는 듯

가슴으로 내리쬐는 맑고 밝은 아침햇살

내 가슴도 초록물 머금고 건들면 터질 듯

부풀어 오른다

아, 세상은 아름다운 곳

생명의 기쁨이 사방에서 환호치며 터지는 소리

역경에 처했다고 상심하지 말고 성공했다고 하여
지나친 기쁨에 휩쓸리지 말라. -호라티우스

천지에 가득해

우주도 새싹처럼 통통 부풀어 오르고 있다

아침에 눈을 뜨고 '오늘도 하루를 살아갈 수 있게 해 주서서 감사합니다'라고 기도 할 수 있을까?

오늘의 햇살을 보고 싶어 하던 사람이 이 햇살을 못보고 차가운 땅속에 누워 있는 경우도 있을 것이다.

어제의 햇살과 오늘의 햇살이 다르지 않겠지만 그것을 바라보는 나무와 풀, 사람은 달라져 있다. 수많은 오늘이 모여서 한 생명의 삶이 되는 것이다.

감사하며 살아야 한다는 말이다.

우리 앞이 모두 길이다

이성부

이제 비로소 길이다

가야 할 곳이 어디쯤인지

벅찬 가슴들 열어 당도해야 할 먼 그곳이

어디쯤인지 잘 보이는 길이다

이제 비로소 시작이다

가로막는 벼랑과 비바람에서도

물러설 수 없었던 우리

가도 가도 끝없는 가시덤불 헤치며

찢겨지고 피흘렸던 우리

이리저리 헤매다가 떠돌다가

우리 힘으로 다시 찾은 우리

이제 비로소 길이다

가는 길 힘겨워 우리 허파 헉헉거려도

가쁜 숨 몰아쉬며 잠시 쳐다보는 우리 하늘

서럽도록 푸른 자유

인생은 헤매기도 하고 막다른 길에서 좌절하기도 하는 미로와 같다. -스펜서 존스

마음이 먼저 날아가서 산 너머 축지법!

이제 비로소 시작이다
이제부터가 큰 사랑 만나러 가는 길이다
더 어려운 바위 벼랑과 비바람 맞을지라도
더 안 보이는 안개에 묻힐지라도
우리가 어찌 우리를 그만둘 수 있겠는가
우리 앞이 모두 길인 것을……

길은 길로 연결된다. 막다른 길조차 돌아 나올 길이 있는 것이다. 바닷길 하늘 길들이 내일의 구름 속에 숨어 있다. 언젠가 드러날 길을 위해 준비해 놓는 삶이 필요하다는 말이다.
맨 처음 가는 길조차 희망과 용기가 필요하다.

삶이 그대를 속일지라도—알렉산데르 푸시킨(1799년 6월 6일~1837년 2월 10일)
러시아 리얼리즘 문학의 확립자이자 국민적 시인. 37세에 부인을 짝사랑하는 프랑스 귀족과의 결투에서 입은 상처로 사망. '삶이 그대를 속일지라도'는 1825년 어머니의 영지에 가 있을 때 자주 어울렸던 이웃 마을 지주의 딸에게 적어준 것으로 추정된다.

연탄 한 장—안도현(1961년 12월 15일~)
1981년 〈대구매일신문〉 신춘문예를 통해 등단. 개인적 체험을 주제로 하면서도 사적 차원을 넘어서 민족과 사회의 현실을 섬세한 감수성으로 그려내는 시인으로 평가받고 있다. '연탄 한 장'은 2002년 시집《연탄 한 장》에 수록되어 있다.

갈대—신경림(1936년 4월 6일~)
1956년 〈문예학술〉지를 통해 등단. 초등학교 교사와 출판사 편집일을 맡았다. 한때 절필하기도 했으나 1965년 다시 시작 활동을 시작했다. '갈대'는 1956년 〈문예학술〉지에서 이한직의 추천으로 발표되었으며 이를 계기로 문단에 주목을 받았다.

설야雪夜—김광균(1914년 1월 19일~1993년 11월 23일)
호는 우두(雨杜). 중학시절부터 시를 써서 발표했다. 정지용, 김기림 등과 함께 한국 모더니즘 시운동을 선도한 시인으로 죽은 동생의 사업을 맡아 경영하며 사업가로 변신하기도 했다. 1938년 〈조선일보〉 신춘문예에 '설야'를 응모하여 당선되었다.

목마木馬와 숙녀—박인환(1926년 8월 15일~1956년 3월 20일)
시인이자 영화평론가. 종로에서 '마리서사'라는 서점을 경영하면서 많은 시인들과 교류, 시를 쓰기 시작했다. 희곡 〈욕망이라는 이름의 전차〉를 번역해 공연하기도 했다. '목마와 숙녀'는 1956년 발표되었다.

피안彼岸의 호수—알퐁스 드 라마르틴(1790년 10월 21일~1869년 2월 28일)
19세기 프랑스의 낭만파 시인이자 정치가. 연인과의 사별로 인한 절망 속에서 써 낸《명상시집》으로 서정시를 부활시켰다.

소시장에서―박이도(1938년 1월 16일~)
시인이자 교육자. 경희대 국문과 교수를 역임. 1962년 〈한국일보〉 신춘문예를 통해 등단. 그의 시 세계는 서정적이며 감성적인 세계로부터 점차 현실과 일상의 세계를 그리는 데로 변모하는 면모를 보인다. 1994년 《불꽃놀이》에 '소시장에서'가 수록되어 있다.

우리 살던 옛집 지붕―이문재(1959년 9월 22일~)
1982년 〈시운동〉을 통해 등단. 유연한 시적 상상력으로 현실 세계를 부유하는 젊은 영혼의 이미지를 노래한다. '우리 살던 옛집 지붕'은 1982년 〈시운동〉에 발표되었으며 이를 통해 문단에 주목을 받았다.

지상의 방 한 칸―김사인(1956년 3월 30일~)
1981년 〈시와 경제〉 동인을 통해 등단했으며 이전부터 〈대학신문〉에 시를 발표했다. 1970년대 후반 학생 시위로 고초를 겪기도 했다. 1999년 첫 시집 《밤에 쓰는 편지》에 '지상의 방 한 칸'이 수록, 발표되었다.

인생의 계절―존 키츠(1795년 10월 31일~1821년 2월 23일)
가난한 집안에서 태어나 불우한 생활을 계속했다. 18세기 셸리, 바이런과 더불어 영국 낭만주의 전성기의 시인. 25세의 나이에 폐결핵으로 요절했다.

밥―고진하(1953년 12월 2일~)
시인이자 목회자. 1987년 〈세계의 문학〉 가을호를 통해 등단했다. 성서와 더불어 불교, 노자, 인도의 고전 우파니샤드도 공부하는 열린 신앙을 지향한다. 시집 《얼음수도원》에 '밥'이 수록되어 있다.

여보! 비가 와요―신달자(1943년 12월 25일~)
1964년 〈여상〉으로 등단했으나 활발한 활동을 보인 것은 1972년 〈현대문학〉에 박목월의 추천을 받으면서부터다. 시집 《아가(雅歌)》《백치슬픔》 등이 있다.

낙엽끼리 모여 산다―조병화(1921년 5월 2일~2003년 3월 8일)
호는 편운(片雲). 1949년 첫 시집 《버리고 싶은 유산》으로 등단했다. 현대시가 안 팔린다는 상식을 무너뜨린 희소한 시인이며 20여 권의 시집을 통해 쉬운 언어로 넓은 독자와 대화를 이어왔다. 1980년 《하루만의 위안》에 '낙엽끼리 모여 산다'가 수록되어 있다.

겨울 메시지—김종해(1941년 7월 23일~)

1963년 〈자유문학〉 신인문학상에 당선되어 등단. 시민들의 생활 역정을 형상화하면서 강한 현실인식을 보여주었으며, 강한 개성을 드러내면서도 독자와의 공감을 확대시키는 미적 효과를 거두고 있다. 1973년 〈창작과 비평사〉 통권 30호에 '겨울 메시지'가 수록되었다.

그리고 미소를—폴 엘뤼아르(1895년 12월 14일~1952년 11월 18일)

본명은 외젠 그랑델. 어려서부터 몸이 허약해 폐결핵으로 공부를 중단했다. 스위스 다보스의 요양원에서 지내며 시를 쓰기 시작했다. 정치적 시인이자 사랑의 시인으로 평가 받는다.

새벽밥—김승희(1952년 3월 1일~)

시인 겸 소설가. 중학교 2학년 때 이상의 시 '절벽'을 읽고 관심을 갖게 되었다. 1973년 〈경향신문〉 신춘문예를 통해 등단. '불의 여인', '언어의 테러리스트', '초현실주의 무당'으로 불린다. '새벽밥'은 시집 《냄비는 둥둥》에 수록되어 있다.

북에서 온 어머님 편지—김규동(1925년 2월 13일~2011년 9월 28일)

호는 문곡(文谷). 경성고등보통학교시절 스승 김기림의 영향을 받아 모더니스트로 출발했다. 1948년 〈예술조선〉 신춘문예에 당선되어 문학 활동을 시작했다. 1972년 〈한국일보〉에 꿈에서 만난 어머니의 말을 적은 시 '북에서 온 어머님 편지'를 발표했다.

가정—박목월(1916년 1월 6일~1978년 3월 24일)

본명 영종(泳鍾). 호는 목월(木月). 시인이자 교육자로 중·고교 교사를 거쳐 대학교수로 재직하였다. 1933년 〈문장〉지에서 정지용 시인의 추천을 받으며 문단에 데뷔했다. 1964년 시집 〈청담〉에 '가정'을 발표하였다.

낙화—이형기(1933년 1월 6일~2005년 2월 2일)

시인이자 문학평론가. 기자 및 대학교수를 역임하기도 했다. 17세의 중학생으로 〈문예〉지에 추천받아 최연소 등단기록을 세웠다. 1963년 첫 시집 〈적막강산〉에 '낙화'를 발표했다.

바위—유치환(1908년 7월 14일~1967년 2월 13일)

호는 청마(靑馬). 정지용의 시에 감동받아 시를 쓰기 시작. 시인이자 교육자로 중

·고교 교장으로 재직하면서 통산 14권에 이르는 시집과 수상록을 간행하였다. 1941년 4월 〈삼천리(三千里)〉지에 '바위'를 발표했다.

풀잎―박성룡(1934년 4월 20일~2002년 7월 27일)
호는 남우(南隅). 1956년 〈문학예술〉지에 조지훈에 의해 추천되어 등단했다. 주로 전통적인 미의식과 자연의 질서를 추구하는 시를 발표했다. 1966년 〈소년한국일보〉에 '풀잎'을 발표했다.

사랑한다는 것으로―서정윤(1957년 8월 19일~)
시인이자 교육자. 중학교 교사로 재직 중이다. 1984년 〈현대문학〉을 통해 등단했으며 주로 만남·기다림·사랑·아픔 등의 서정성을 바탕으로 절실한 삶의 문제들을 그려내고 있다. 첫 시집 〈홀로서기〉에 '사랑한다는 것으로'가 수록, 발표되었다.

누구를 위하여 종은 울리나―존 던(1572년 1월~1631년 3월 31일)
영국의 시인이자 성직자. 르네상스 변동기의 그의 생애에 어울리게 젊은 시절의 연애시와 만년의 종교시로 대별된다. '누구를 위하여 종은 울리나'와 같은 제목으로 어니스트 헤밍웨이가 단편소설을 집필했다.

꽃―김춘수(1922년 11월 25일~2004년 11월 29일)
시인이자 교육자, 평론가였다. 초기에 라이너 마리아 릴케의 영향을 받았다. 자비로 첫 시집 〈구름과 장미〉를 준비하면서 본격적으로 시작 활동에 힘을 기울였다. '꽃'은 그의 연작시 중 하나로 1952년 〈시와시론〉지에 발표되었다.

민들레의 영토―이해인(1945년 6월 7일~)
성베네딕도수도원의 수녀이자 시인. 1970년에 〈소년〉을 통해 등단. 자연과 삶의 따뜻한 모습, 수도사로서의 바람 등을 서정적으로 노래한다. 1965년 출간된 시집 〈민들레의 영토〉에 '민들레의 영토'가 수록되어 있다.

사랑스런 추억―윤동주(1917년 12월 30일~1945년 2월 16일)
일본에서 학업 도중 항일 운동을 했다는 혐의로 체포되어 복역 중 건강악화로 사망하였다. 유고시집으로 〈하늘과 바람과 별과 시〉가 있다. 1932년 5월 13일 일본에서 생활하던 중 '사랑스런 추억'을 썼다.

우리는 누군가에게 소중한 사람입니다 — 카렌 카이시(1947년 4월 24일~)
미국의 수필가로 여성, 대학교수로 학생들을 가르치기도 했으며 사랑, 명상에 대한 책을 많이 집필했다.

빈집의 약속 — 문태준(1970년~)
1994년 〈문예중앙〉의 신인문학상으로 등단했다. 시집으로는 《수런거리는 뒤란》, 《맨발》 등이 있다. 시집 《가재미》에 '빈집의 약속'이 수록되어 있다.

행복 — 천상병(1930년 1월 29일~1993년 4월 28일)
호는 심온(深穩). 중학교 시절부터 문단활동을 했으며 1952년 〈문예〉를 통하여 등단. 가난과 심한 주벽으로 많은 일화를 남겼다. 서정을 바탕으로 하여 자연의 아름다움과 인간의 순수성을 되비쳐 보여준다.

쓰러진 것들이 쓰러진 것들과 — 박남준(1957년 8월 30일~)
1984년 〈시인〉에 시를 발표하면서 작품 활동을 시작했다. 2005년에 출간된 시집 《적막》에 '쓰러진 것들이 쓰러진 것들과'가 수록되어 있다.

그녀는 환희의 환영幻影 — 윌리엄 워즈워드(1770년 4월 7일~1850년 4월 23일)
영국의 낭만파 시인. 자연의 미묘한 아름다움을 깊이 관찰하고 사랑과 고요함을 노래하여 영국의 낭만주의를 대표하였다. 장수하여 1843년 73세의 나이로 계관 시인이 되기도 했다.

화엄華嚴에 오르다 — 김명인(1946년 9월 2일~)
시인이자 교육자. 1973년 〈중앙일보〉 신춘문예에 당선되며 등단. 현재 대학교수로 재직하고 있다. '화엄에 오르다'는 1992년에 출간된 시집 《물 건너는 사람》에 수록되어 있다.

무릎 — 백상웅(1980년 12월 10일~)
2008년 시 '각목' 외 3편으로 제8회 창비신인시인상으로 등단. 2009년 〈열린시학〉 봄호에 '무릎'을 발표했다.

골목의 각질 — 강윤미(1980년 11월 16일~)
2005년 〈광주일보〉 신춘문예에 당선되며 등단. '골목의 각질'은 2010년 〈문화일보〉의 신춘문예 당선작 중 하나이다.

지나가는 여인에게―샤를 보들레르(1821년 4월 9일~1867년 8월 31일)
시인이자 비평가. 19세기 후반 프랑스의 시인. 청년시절부터 심혈을 기울여 다듬
어 온 시를 정리한 대표 시집 〈악의 꽃〉은 검열에 걸려 벌금형과 일부 삭제를 언
도받기도 했다.

처음 가는 길―도종환(1954년 9월 27일~)
시인이자 교육자. 1984년 동인지 〈분단시대〉를 통해 등단. 사랑을 바탕으로 한
여리고 결백한 감성의 시인으로 알려져 있다. 2006년 출간된 시집 《해인으로 가
는 길》에 '처음 가는 길'이 수록되어 있다.

가던 길 멈춰 서서―윌리엄 헨리 데이비스(1871년 7월 3일~1940년 9월 26일)
영국의 시인. 신대륙까지 발길을 옮긴 방랑생활 뒤 시를 쓰기 시작했다. 자연을
노래하는 소박한 시풍으로 인정받았다.

바람 부는 날―윤강로(1938년 6월 5일~)
시인이자 교육자. 고등학교 교사로 재직 중에 시를 쓰기 시작했다. 1976년 〈심상〉
의 신인상에 당선되면서 등단. 현실과 삶의 의미를 지적으로 탐색하는 시작 추구
작업을 지속. 1990년 출간된 《오늘도, 피피피 새가 운다》에 '바람 부는 날'이 수
록되어 있다.

풀―김수영(1921년 11월 27일~1968년 6월 16일)
초기에는 모더니스트로서 현대문명과 도시생활을 비판하며 주목받았으나 4·19
혁명을 기점으로 현실비판의식과 저항정신을 바탕으로 한 참여시를 발표했다.
불의의 교통사고로 타계하기 전 마지막 작품인 '풀'은 사후 〈창작과 비평〉에 발
표되었다.

내 젊음의 초상―헤르만 헤세(1877년 7월 2일~1962년 8월 9일)
독일의 소설가이자 시인. 1899년 시집 〈낭만적인 노래〉를 통해 시인으로 등단했
다. 주요 저서로는 《유리알 유희》《데미안》 등이 있다.

구부러진 길―이준관(1949년~)
시인이자 아동문학가. 1971년 〈서울신문〉 신춘문예에 동시가, 1974년 〈심상〉 신인
상에 당선되면서 활동을 시작했다. '구부러진 길'은 2005년 출간된 시집 《부엌의
불빛》에 수록되어 있다.

말의 힘―황인숙(1958년 12월 21일~)

1984년 〈경향신문〉 신춘문예를 통해 등단했다. 긍정적인 변형의식에 기본을 둔 자유로운 상상력으로 현실과 일상에 대한 전복과 일탈을 추구하는 시인으로 알려져 있다. '말의 힘'은 1998년 출간된 시집《나의 침울한, 소중한 이여》에 수록되어 있다.

사랑하는 별 하나―이성선(1941년 1월 2일~2001년 5월 4일)

시인이자 환경운동가. 1970년 〈문화비평〉을 통해 등단하였다. 총 12권의 시집이 있으며 시를 통해 자연과의 일체적 교감을 추구하였다. 2002년 마지막 시를 모은 시집《물방울 우주》에 '사랑하는 별 하나'가 수록되어 있다.

귀뚜라미―나희덕(1966년 2월 8일~)

시인이자 교육자. 대학교수로 재직 중이다. 1989년 〈중앙문예〉를 통해 등단. 차분하고 잔잔한 분위기 속에서 자연을 존중하고 사랑하는 자연친화적인 모습을 노래한다. '귀뚜라미'는 1994년 출간된 시집《그 말이 잎을 물들였다》에 수록되었다.

고독의 노래―알렉산더 포프(1688년 5월 21일~1744년 5월 30일)

영국의 시인이자 비평가. 정규교육을 받지 못했으나 타고난 재능으로 21세에 시집《목가집》을 발표했다. 영국 고전주의의 대표 시인.

숟가락에게 밥을 먹이다―김남수(1954년 11월 29일~)

2008년 〈평화신문〉 신춘문예를 통해 등단했다. '숟가락에게 밥을 먹이다'는 제 23회 〈시안〉 신인상 당선작 중 한 편이다.

희망을 만드는 사람이 되라―정호승(1950년 1월 3일~)

1972년 〈한국일보〉 신춘문예를 통해 등단. 정제된 서정과 비극적 현실에 대한 자각 및 사랑과 외로움을 노래한다. 두 번째 시집《서울의 예수》에 '희망을 만드는 사람이 되라'가 수록되어 있다.

만일―루디야드 키플링(1865년 12월 30일~1936년 1월 18일)

영국의 시인 겸 소설가. 당시 대영제국주의에 호응하는 작품을 써서 애국시인으로 선정되기도 했다. 주요 저서로《정글 북》이 있다.

하루밖에 살 수 없다면—울리히 샤퍼(1942년 12월 17일)
자유문필가이자 사진작가로 알려져 있다. 독일에서 태어났으나 가족이 캐나다로 이주해 캐나다에서 자랐다. 자연과 명상, 삶과 가치관에 대해 많은 글과 사진을 발표했다.

인생 예찬—헨리 워즈워드 롱펠로(1807년 2월 27일~1882년 3월 24일)
미국의 시인이자 교육자로 단테의 《신곡》을 미국에 처음 번역했다. 1839년 첫 시집 《밤의 소리》를 출간했다. 건전한 인생관에 알기 쉬운 표현으로 널리 애독되었다.

희망—양애경(1956년 2월 24일~)
시인이자 교육자. 대학 교수로 재직 중이다. 1982년 〈중앙일보〉 신춘문예를 통해 등단했다. 시집으로는 《불이 있는 몇 개의 풍경》《사랑의 예감》《내가 암늑대라면》 등이 있다.

저녁에—김광섭(1906년 9월 21일~1977년 5월 23일)
호는 이산(怡山). 1927년 문학동인지 〈해외문학〉을 통해 문학 활동을 시작했다. 광복 이후 상당 기간 문화계·관계·언론계 등에서 활동하였다. 1969년 11월 〈월간중앙〉에 '저녁에'를 발표했다.

빛-꽃망울—정현종(1939년 12월 17일~)
시인이자 번역가. 1964년 〈현대문학〉을 통해 등단하였다. 전기에는 관념적이며 사물의 존재에 대한 주제의 시를 발표하였고 후기에는 구체적 생명현상에 대한 공감을 다룬 시를 발표했다. '빛-꽃망울'은 제1회 미당문학 수상작품 중 하나이기도 하다.

그대의 편지—칼릴 지브란(1883년 12월 6일~1931년 4월 10일)
철학자, 화가, 소설가이자 시인. 1923년 산문시집 《예언자》로 주목받았다. 《예언자》는 20년에 걸쳐 구상한 원고로 현대의 성서로 불리기도 한다.

희망을 위하여—곽재구(1954년~)
시인이자 교육자, 아동문학가. 현재 대학교수로 재직 중이다. 1981년 〈중앙일보〉 신춘문예에 당선되어 등단. 토착적인 정서를 바탕으로 사랑과 그리움을 노래하는 시인으로 알려져 있다. 1983년 출간된 시집 《사평역에서》에 '희망을 위하여'가 수록되어 있다.

험한 세상 다리 되어 폴 사이먼(1941년 10월 13일~)
'험한 세상의 다리가 되어'는 그룹 사이먼 앤 가펑클의 멤버 폴 사이먼이 1968년에
작사·작곡했으며, 사이먼 앤 가펑클의 레코드가 1970년 2월부터 히트해 1위가
되면서 밀리언셀러를 기록했다.

기도―맥스 어만(1872년 9월 26일~1945년 9월 9일)
미국의 변호사이자 작가, 시인. 1900년도 초엽부터 시작에 몰입하였다. 고향 테
레 호테의 계관시인. '기도'는 1906년에 쓴 시로 그의 가장 유명한 시 중에 하나
이다.

귀여운 여인에게―앤드류 마벨(16211년 3월 31일~1678년 8월 16일)
영국의 시인이자 국회의원. 존 밀턴의 라틴어 비서관이었다. 전원(田園)의 우아
하고 고요한 생활, 그곳에서의 명상을 묘사한 시가 많다.

당신이 누군가를 필요로 할 때―고든 메레디스 라이트푸트 주니어(1938년 11월
17일~)
캐나다의 포크 계열 가수 겸 작곡가. 1966년 1집 앨범 〈Lightfoot〉으로 데뷔했다.
캐나다 우표인물로 쓸 만큼 국민에게 지지를 받고 있다.

그 슬픔을 안다―그레이스 놀 크로웰(1877년 10월 31일~1969년 3월 31일)
미국의 시인. 5000여 편의 시를 지었다. 병으로 고통 받았던 기억과 인내, 희망에
영감을 얻어 시를 썼다. 1938년 미국 출판사에 의해 10명의 뛰어난 미국여성으로
선정되기도 했다.

내 가슴도 초록물 머금고―함혜련(1931년 10월 1일~2005년 8월 2일)
1959년 〈문예〉지에 박기원 시인의 추천으로 등단. 자연이나 사물의 사상(寫像)
을 간결한 언어감각으로 드러내는 특징이 있다.

우리 앞이 모두 길이다 ―이성부(1942년 1월 22일~2012년 2월 28일)
시인이자 언론인. 1959년 〈전남일보〉 신춘문예를 통해 등단. 현실참여적인 주제
를 다루면서도 서정성과 시적 상상력이 뛰어난 작품을 발표해 참여적 서정시인으
로 불렸다. '우리 앞이 모두 길이다'는 1999년 출간된 시집《우리 앞이 모두 길이
다》에 수록되어 있다.